이주혜

2016년 창비신인소설상을 받으며 작품 활동을 시작했다.
소설집 『그 고양이의 이름은 길다』 『누의 자리』,
장편소설 『자두』 『계절은 짧고 기억은 영영』, 산문집 『눈물을
심어본 적 있는 당신에게』를 비롯해 다수의 역서가 있다.
2023년 『그 고양이의 이름은 길다』로 신동엽문학상을 받았다.

여름철
대삼각형

여름철 대삼각형

오늘의 젊은 작가 51

이주혜
장편소설

차례　　　**여름철 대삼각형**　　7

작가의 말　　233
추천의 말_ 심진경(문학평론가)　　237
추천의 말_ 정용준(소설가)　　238

이 이야기는 이야기에 관한 이야기다. 이야기 스스로 움직이며 길을 가고 때론 변모하기도 하는 주인공이라는 뜻이다. 사람을 비롯한 모든 물질은 이야기를 내포한다. 우리는 언제나 이야기를 품고 움직이고, 움직이며 이야기를 바꿔 나간다. 그러므로 이 이야기 안에서 생동하는 존재는 인물이 아니라 담요처럼, 때론 그림자처럼 인물을 안고 움직이는 이야기 자체다.

사람의 말과 행위는 이야기를 배태하기 마련인데 구체적으로 물질화하지 못한 이야기는 사람이 소멸할 때 함께 소멸한다. 이때 과거의 기억을 이야기로 만들어 후대에 남기는 일을 책무로 삼는 사람이 작가와 역사가라고 하지만, 쉿! 당신만 아시라. 실은 우리가 모르는 사이에 이야기 스스로 살아남기 위해 분투한다. 사람이 이야기를 남기는 게 아니라 이야기가 사람을 고른다. 기억이 기록자를 선택한다. 유독 생명력이 질긴 이야기들이 사람을 찾아와 제 전기를 쓰게 한다. 그러므로 모든 작가와 역사가는 이야기의 필경사와 다름이 없다.

이야기는 마음에 드는 손을 선택해 자신의 고백을 받아쓰게 하지만 기록이 전달될 또 다른 귀나 눈이 있어야 직성이 풀린다. 그만큼 이야기는 탐욕스럽다. 쓰는 자와 보고 듣는 자가 모두 확보될 때 비로소 이야기는 완성된다. '너' 없이 '나'의 이야기는 존재하지 않고, '나'에서 '너'로 옮겨 간 이야기는 변모를 겪으며 이전과는 다른 이야기가 된다.

다시 말하건대 이 이야기는 이야기에 관한 이야기다. 이야기가 인물이고 배경이고 사건이다. 이야기가 머리고 몸통이고 꼬리다. 그러나 이 이야기 안에서 당신이 만날 이야기가 마침내 어떤 모습을 띠게 될지는 나도 당신도 알 수가 없다. 우리는 그저 선택될 뿐이다.

> 과학자들은 우리가 원자로 만들어졌다고 말하지만 어느
> 작은 새가 내게 말하길 우리는 이야기로 만들어졌다.
> ― 에두아르도 갈레아노

그 밤 태지혜는 좁고 긴 밤하늘을 건너가는 오리온의 허리띠를 보았다. 밤 10시 무렵의 해방촌 골목길이었다. 태지혜는 담배를 피우지 않는 로라가 태지혜 전용으로 마련해 준 작은 양철 냄비 재떨이와 팔각 성냥 통을 챙겨 들고 타로 카페에서 나온 참이었다. 한 시간 넘게 이어진 로라와의 상담은 결국 모든 게 자기 하기 나름이고 마음의 소관이라는 뻔한 말로 정리할 수 있었지만 태지혜는 그 말에 생각보다 큰 위안을 받았다.

집에 복숭아나무 있어?

없는데요.

있으면 큰일 날 뻔했어.

이런 식으로 전개되는 점사였다면 오히려 지루함을 느꼈을 것이다. 겨울마다 한 번씩 대형 사고를 일으키는 낡은 아파트를 참고 견디며 살 것인가, 아예 새로운 동네로 이사할 것인가를 묻는 태지혜에게 로라는 돈과 에너지 지출이 클 이사보다는 지금 집을 살뜰히 고쳐 살며 운을 누리는 편이 좋겠다고 조언했다. 로라의 조언은 타로를 뽑을 때의 진심 어린 염려와 신중한 표정 때문에 한결 더 신뢰가 갔다. 사실 로라를 찾아올 즈음 태지혜는 불안의 최고점을 찍고 있었다. 일주일 전 한파에 보일러가 갑자기 작동을 멈추고 합선이나 누전의 기미도 없이 집 안 전기가 나가 버리는 일이 동시에 일어났다. 태지혜는 도대체 새해 운이 얼마나 좋으려고 액땜을 이리 요란하게 하나 짐짓 속으로 허세도 부려 보았으나 막상 전기도 난방도 들어오지 않는 냉골에서 하룻밤을 지내고 나니 새해 운이고 뭐고 삶의 의지 자체가 툭 꺾여 버렸다. 옷을 여러 겹 껴입고 패딩까지 입은 채 이불로 온몸을 돌돌 말고 잤지만 고작 하룻밤 새 한파는 태지혜의 뼛속 깊이 불행과 불안을 밀어 넣었다. 이러다 진짜 죽겠다 싶어 이튿날은 동네에서 가장 가까운 찜질방을 찾아갔다. 사람이 거의 없는 밤에 목욕탕에서 뜨거운 물로 몸을 씻고 찜질복 차림으로 뜨끈한 바닥에 누워 몸을 지지고 있자니 온갖 후회와 자책이 밀려들었다. 어쩌자고 이 낡은 아파트를 골랐을까. 어쩌자고 이 낯선 동네로 왔을까. 아니 어쩌자고 이혼을 해 이런 곳에서 혼자 살게 되었을까. 주위 사람들의 흘낏거리는 시선을 느끼면서도 눈꼬리를 타고 흐르는 눈물과 흐느낌을 멈출 수가 없었다. 그때 귀 바로 옆에 엎어 둔 전화기에서 문자메시지 알림음이 들려왔다.

차 마시러 와.

로라였다. 두 계절 만의 연락이었다. 여고 선배이면서 30대 초반까지 한동네에 살았던 로라는 마흔 살이 되자마자 잘 다니던 언론사를 그만두고 불쑥 네팔로 떠났다. 그리고 팬데믹이 잦아들 무렵 한국으로 돌아와 해방촌에 타로 카페를 열었다. 로라는 귀국과 카페 개업 소식을 알릴 때도 바로 옆에서 말을 걸듯 예사롭게 메시지를 보냈었다.

모과차 마시러 와.

대봉감이 잘 익었어.

전복 선물이 들어왔는데 구워 줄까 죽을 끓일까?

태지혜가 찾아가면 어제 만난 사이처럼 심상하게 맞이하고 비건인 자신은 잘 먹지도 않는 음식을 만들어 먹인 다음 차를 마시며 타로 운세를 봐 주었다. 그때마다 로라는 타로 운세라는 게 질문이 구체적이고 현실적일수록 도움이 되는 대답을 구할 수 있다고 강조했다. 그러니까

나는 행복하게 살 수 있을까요?

같은 질문보다는

전철역에서 가깝지만 지은 지 30년이 다 되어 가는 복도형 22평 아파트와 몇 년 전 폭우 때 지하 주차장이 침수된 적이 있고 역세권은 아니지만 신축이고 가구와 가전이 빌트인인 24평 오피스텔 중 어디에 사는 게 좋을까요?

같은 질문이 좋았다.

두 번의 유산 끝에 죽고 싶을 만큼 괴로워하는 내 앞에 무릎을 꿇고 앉아 모든 걸 바칠 수 있을 만큼 회사 후배를 사랑하게 되었다고 고백하는 남편을 어쩌자고 그리 쉽게 놓아주었을까요?

이런 질문은 아주 나쁜 경우에 해당했다. 그보다는

동네 단골 빵집 직원이 빵을 사러 갈 때마다 소금빵 한 개씩을 슬쩍 넣어 주며 조신한 미소로 인사를 대신하는데 이거 그린라이트인가요?

  쪽이 차라리 좋은 질문이었다. 로라가 타로 카페를 시작하고 3년 동안 태지혜는 로라에게 적절한 질문을 던지는 일에 익숙해졌지만 질문이 생겨 로라를 찾아가기보다 로라가 먼저 연락해 비로소 질문을 준비해 갈 때가 더 많았다. 더 정확히 말하자면 뭔가 사건이 생겨 당황한 태지혜가 로라를 떠올리기도 전에 로라가 먼저 떡국을 먹으러 오라거나 차를 마시러 오라고 연락했다. 찜질방에 누워 삶의 의지를 눈물로 줄줄 흘려보내던 날도 태지혜는 로라의 문자메시지를 받자마자 벌떡 일어나 예정된 전기 배선 점검과 수리, 보일러 수리까지 다 마치고 가겠노라 답장을 보냈다. 그러곤 갑자기 힘이 솟아 찜질방 식당에서 평소 잘 먹지 않는 미역국과 김밥, 구운 달걀까지 시켜서 한 숟갈도 남기지 않고 싹 먹었다.

  티타임 겸 운세 상담을 마치고 로라가 찻잔을 씻으러 간 사이에 태지혜는 카페 밖으로 나왔다. 불과 며칠 전만 해도 뼛속까지 으슬으슬 춥고 암담했던 삶이 로라의 다정한 조언을 입김 삼아 따스하게 데워진 기분이었다. 통에서 성냥개비 하나를 뽑아 불을 붙였을 때는 주위가 온통 환한 동화 세상으로 물들어 가는 듯도 했다. 태지혜는 한결 편안해진 마음으로 담배 한 모금을 깊이 빨아들인 다음 허공을 향해 연기를 내뿜었다. 그러다가 오리온의 허리띠를 보았다. 손바닥 하나로 가려질 만큼 좁은 골목 위 밤하늘에 밝은 점 세 개가 나란히 박혀 있었다. 태지혜는 방심하고 있다가 허를 찔린 사람처럼 당황했다. 겨울철 대표 별자리인 오리온자리를 가르쳐 준 사람은 전남편 성우였다.

오리온은 바다의 신 포세이돈의 아들이자 힘이 무척 센 사냥꾼이었어. 사냥과 달의 여신 아르테미스와 사랑하는 사이였는데 아르테미스의 오라비이자 태양신 아폴론은 둘의 관계를 탐탁지 않게 여겼어. 아폴론이 보기에 오리온은 성격이 난폭하고 무엇보다 신의 아들일 뿐 신이 아니었거든. 아폴론은 바다에서 헤엄치는 오리온을 독침으로 쏘라고 전갈을 보냈고, 치열한 싸움 끝에 둘 다 죽고 말아. 결국 아폴론은 오리온과 전갈 모두 하늘의 별자리로 올려 보내지. 그 대신 둘이 다시는 만나지 못하게 오리온은 겨울 하늘 높은 곳에 우뚝 세워 놓고 전갈은 여름 하늘 낮은 자리로 보냈어. 하지만 전갈은 지금도 오리온을 노리고 있다지. 영원히, 언제나 언제까지나.

결혼 전 성우는 태지혜를 영월의 한 천문대에 데려갔다. 한겨울이었고 밤하늘은 맑았다. 천체망원경으로 바라본 달은 압도적으로 거대했고 무수한 구멍이 팬 게 선명하게 보였다.

망원경 렌즈에 담긴 달은 환하지도 밝지도 않았는데 그 격차에 태지혜의 마음이 와락 불안해졌다. 그러나 옥상에 설치된 망원경으로 바라본 별들은 육안으로 보는 것과 크게 다르지 않았다. 그만큼 별들이 멀리 떨어져 있다는 뜻이라고 천문대 직원이 말했을 때 태지혜는 '거리'라는 불길한 단어를 떠올리고 옆에 선 성우의 팔을 와락 붙잡았다. 태지혜의 마음을 알 길 없는 성우는 연인을 내려다보며 빙그레 웃더니 특유의 길고 강한 팔로 태지혜의 어깨를 감싸안았다. 순간 두 사람의 거리는 더 좁혀졌지만 태지혜의 불길한 예감은 잦아들지 않았다.

또 다른 신화에서는 아폴론이 먼바다에서 사냥 중인 오리온을 발견하고 누이 아르테미스와 오리온을 과녁 삼아 활쏘기 내기를 해. 아르테미스는 사냥감이 연인인 줄도 모르고 사냥의 여신답게 오리온의 머리를 명중시키지. 아르테미스가 제 손으로 사랑하는 오리온을 쏘아 죽였다는 사실에 충격을 받고 몹시 슬퍼하자 아버지 제우스는 오리온을 밤하늘의 별자리로 만들어 주었대.

성우의 설명을 들으며 태지혜는 밤하늘 한복판에 널찍하게 배치된 오리온자리를 눈으로 더듬었다. 하지만 신화를 들었어도 큼직한 사각형을 이루는 네 개의 별과 그 가운데를 지나가는 세 개의 별이 어떻게 연인의 손에 죽은 사냥꾼 오리온인지 도무지 이해할 수가 없었다. 먼 옛날 사람들이 상상한 오리온의 모습을 비로소 알아본 건 천문대 건물 안에서 상영하는 동영상을 보고 난 후였다. 검은 밤하늘에 마구잡이로 흩어진 별들 위에 상상의 그림을 덧대어 각 별자리를 설명하는 동영상이었다. 오리온은 천구 오른쪽을 향해 팽팽하게 활시위를 당겼다. 사냥꾼의 허리를 점 세 개로 이어진 허리띠가 바짝 조이고 있었다. 태지혜는 오리온의 화살 끝이 최종적으로 어디를 겨누고 있을까 상상하다가 자기도 모르게 흠칫 몸을 떨었다. 앙갚음이 아니고서야 죽어 별자리가 된 오리온이 여태껏 긴장하며 활시위를 당기고 있을 이유가 없지 않은가? 오리온은 누구에게 복수하려는 걸까? 연인과 사이를 갈라놓고 죽음으로 이끈 아폴론? 발뒤꿈치를 물어 독을 침투시킨 전갈? 혹시 오라비의 계략에 빠져 연인을 알아보지도 못하고 오리온의 머리를 명중시킨 우둔한 아르테미스?

동영상을 다 보고 나서 천문대 옥상으로 돌아갔다. 밤하늘을 가득 채운 별들이 동영상을 보기 전과는 달라져 있었다. 우연의 법칙으로 생성되고 자리했을 저 무수한 별이 가상의 선으로 이어져 별자리가 되고 별자리마다 하나 이상의 이야기를 품고 있었다. 별이 이야기의 재료가 되기도 한다는 걸 알기 전 어린 태지혜에게 별은 그저 무서운 존재였다. 네다섯 살 무렵 태지혜는 밤하늘을 가득 채운 별들을 보고 한없는 공포를 느꼈다. 지금 생각하면 그날 본 것은 선명한 은하수였을 텐데, 은하수가 보일 정도였다면 서울은 아니고 여름휴가에 가족과 함께 떠난 강원도 인제나 외가가 있는 충북 제천이었을 것이다. 기억 속 태지혜는 아빠나 외삼촌으로 추정되는 등이 널찍한 남자 어른에게 업혀 있었다. 눈을 들면 까만 밤하늘에 총총 떠 있는 하얗고 노란 별들이 우수수 떨어져 내릴 것만 같아 태지혜는 자꾸만 어른의 등에 얼굴을 묻으며 울었다. 그때 태지혜는 유리 어항이 깨지며 그 안을 헤엄치던 붉은 금붕어들과 푸른 물풀, 하얀 조약돌이 한꺼번에 와르르 바닥에 쏟아져 내리는 모습까지 연상했다. 순전한 상상일 리가 없으므로 실제로 목격한 장면이거나 텔레비전에서 본 모습이었을 것이다. 그때부터 태지혜는 밤하늘을 언제라도 깨지고 터질 수 있는 검은 유리 어항으로 상상했다. 그런데 시간이 훌쩍 흘러 어른이 된 태지혜는 연인과 함께 온 천문대에서 밤하늘이 이야기로 이루어지기도 한다는 것을 알게 되었다. 천문대 직원이 오리온자리의 허리띠에 해당하는 밝은 별들에 관해 설명하고 있었다.

가장 왼쪽에 있는 밝은 노란색 별은 알니타크, 사실은 삼중성이고요. 아랍어로 '허리띠'라는 뜻입니다. 그 옆의 청백색 별은 알닐람, 아랍어 '사파이어'와 관계가 있는 이름입니다. 가장 오른쪽에 있는 밝은 노란색 별은 민타카로 역시 아랍어

'허리띠'와 관계가 있습니다. 이 세 별은 여러 문화권에서 다양한 이름으로 불렀는데요. 아랍권에서는 '허리띠'나 '정확한 저울'을 뜻하는 단어와 관계가 깊고요. 중국 신화에서도 이 세 개의 별을 '저울대'로 상상했습니다. 유럽의 기독교 문화권에서는 '세 마리아' 혹은 '동방박사 세 사람'으로 보았고, 멕시코의 어느 부족은 이 세 별을 사냥꾼이 붙잡은 사슴과 가지뿔영양, 큰뿔야생양으로 상상했다고 합니다. 문화권마다 상상력이 조금씩 다르면서도 비슷하다는 점이 재미있죠?

그러나 태지혜는 오리온의 화살이 활시위를 떠나 검은 유리 어항을 박살 내는 모습을 상상하며 몸을 떨었다. 천문대 직원이 겨울밤 가장 밝고 선명한 오리온자리를 향해 소원을 빌면 소원이 이루어진다고 웃음 섞인 소리로 말했다. 그러자 성우가 기다렸다는 듯 코트 주머니에서 작은 상자를 꺼내더니 태지혜 앞에 한쪽 무릎을 꿇고 상자에 든 반지를 내밀며 말했다.

나랑 결혼해 줄래?

주변에 작은 소란이 일었다. 옥상에 있던 사람들이 일제히 태지혜와 성우 쪽을 바라보았다. 반지 끝에 얹힌 작은 다이아몬드가 어디서 왔는지 모를 빛을 받아 날카롭게 반짝였다. 태지혜의 눈에 그 다이아몬드가 오리온의 화살 끝에 박힌 활촉으로 보였다. 사람들이 두 사람 주위로 몰려들었다. 사람들의 시선이 둥근 허리띠를 이루더니 태지혜의 숨통을 조이기 시작했다.

(당장 그 활을 내려!)

(제발 허리띠를 풀어 줘!)

태지혜는 그렇게 외치고 싶었지만 오리온의 활시위도 허리띠도 여전히 팽팽했다. 눈물이 흘러나왔다. 태지혜가 장갑 낀 손을 내밀어 성우의 반지 상자를 받았다. 사람들이 손뼉을 쳤다. 성우가 일어났다. 태지혜보다 20센티미터 정도 더 큰 성우가 기둥처럼 우뚝 태지혜의 앞을 가로막았다. 태지혜의 눈물이 더 굵은 길을 내며 흘러내렸다. 성우가 태지혜의 눈물을 닦아 주며 속삭였다.

사랑해.

성우도 목소리가 젖어 있었다. 태지혜는 아무 대답도 못 하고 그저 고개만 끄덕였다. 무엇을 긍정하는지 모르는 채 고개를 주억거리며 그 밤의 허리띠를 견뎠다.

짤랑. 타로 카페 문에 매달아 둔 유리종이 울리며 로라가 밖으로 나왔다. 찬물로 설거지를 했는지 손이 빨갰다. 갑갑한 걸 싫어하는 로라는 설거지할 때 고무장갑을 끼지 않았고 매년 겨울 태지혜가 선물하는 핸드크림을 잘 바르지도 않았다. 태지혜가 담배 연기를 뿜으며 벌겋게 된 로라의 손등을 보고 가볍게 눈을 흘겼다. 로라는 그저 씩 웃었다.

　추운데 뭐 하러 나왔어? 이거 한 대만 피우고 들어갈 건데.

　안에서 보니까 네가 고개가 꺾이도록 하늘만 쳐다보길래. 비행접시라도 봤나 싶어서.

　이번에는 태지혜가 픗 웃었다.

　진짜 비행접시가 날아가도 나 못 알아봐, 언니.

　왜?

　1년 새 눈이 많이 나빠졌어.

　노안이 벌써 왔다고?

　야맹증일지도 모르지.

　야맹증엔 비타민 뭐더라? 가정 시간에 배웠는데.

　비타민 에이?

　비 아닌가?

　그건 각기병 아냐?

　타로 뽑아 볼까?

　야맹증엔 비타민 뭐가 좋다고 했지요? 이렇게 물어봐?

　로라와 태지혜가 동시에 웃음을 터뜨렸다.

　근데 진짜로 뭘 그렇게 골똘히 보고 있었어?

　태지혜는 로라에게 머리 위 좁은 밤하늘을 보여 주었다. 정확히는 그 검은 공간을 부지런히 가로지르는 밝은 별 세 개를. 로라가 어머 귀엽다! 감탄하며 휴대폰으로 밤하늘을 찍었다. 폰 화면에 비치는 작은 점 세 개는 로라의 말처럼 조금 귀여워 보이기도 했다.

근데, 언니. 저거 수천 년 동안 활시위를 팽팽히 당기고 과녁을 노려보는 우락부락한 사냥꾼의 허리띠래. 전혀 귀엽지 않아.

태지혜는 오래전 성우가 들려준 오리온자리 전설을 기억나는 대로 로라에게 들려주었다. 잠자코 듣던 로라가 어깨를 으쓱하더니 말했다.

근데 저 귀여운 별 세 개가 꼭 오리온의 허리띠여야만 하는 건 아니잖아. 어차피 상상이라면 보는 사람마다 다르게 상상할 수 있지 않아?

언니 눈엔 뭐로 보여?

음…… 엄마에게 돌아가는 아기 오리 셋?

공주님이 물에 빠뜨린 은구슬 세 알.

편식하는 네가 찜질방에서 남긴 달걀노른자 세 개.

언니 카페 창틀에 쪼르르 놓여 있는 작은 귤 셋.

나 말고 올케언니가 물려받은 우리 엄마 왕진주 목걸이 세 알.

날 손절한 친구가 카톡방에 마지막으로 남긴 말줄임표 점 점 점.

초음파로 본 내 포궁 속 물혹 세 개.

로라의 말에 태지혜는 오래전 산부인과에서 받은 8주 된 아기의 초음파 사진을 떠올리고 말았다. 태지혜가 잠시 말이 없자 로라가 아우 추워 하면서 먼저 카페 안으로 들어갔다. 태지혜는 두 번째 담배에 불을 붙였다. 태지혜는 골목 안에서 길 쪽으로 몇 걸음 나와 넓은 밤하늘을 쳐다보았다. 그곳엔 별이 더 많았다. 태지혜는 입김이 섞여 더욱 풍성해진 담배 연기를 내뿜으며 생각했다. 암흑 속에 밝은 별이 총총 떠 있을 때 우리는 그것을 밝음이라 부를 것인가, 어둠이라 부를 것인가. 그것은 누가 선택하는가. 선택이 가능하기는 한가. 태지혜는 무엇을 긍정하는지도 모른 채 고개를 주억거리며 검은 허공과 흰 점이 만나는 가장자리를 침침한 눈으로 계속 더듬었다.

∞

옛날 옛날 한 옛날에 어느 할머니가 빨래하러 강에 갔단다. 방망이로 탕탕 두드리며 신나게 빨래를 하고 있는데 저기 멀리서 뭔가 둥글고 커다란 것이 둥둥 떠내려오더란다. 할머니가 방망이를 죽 내밀어 그것을 건져 보니 큼직하고 먹음직스러운 복숭아였다지.

송기주가 기억하는 최초의 이야기는 언제나 할머니의 낮은 목소리로 재생된다. 송기주를 품에 안고 이야기를 들려주는 할머니에겐 그날의 반찬 냄새가 깊이 배어 있고 더운 날이면 땀 냄새까지 풍겨 왔지만 어린 송기주는 그 냄새가 단 한 번도 싫지 않았다. 오히려 요즘 아이들이 꼬질꼬질해진 애착 인형이나 애착 담요에 집착하듯 송기주는 할머니 가슴팍에 코를 묻고 젖을 빨 듯 할머니 냄새를 빨아들였다. 마흔이 넘은 지금도 송기주는 얼굴에 까슬하게 닿는 할머니의 모시 적삼과 동백기름을 발라 넘긴 머리카락의 쌉싸래한 냄새를 고스란히 떠올릴 수 있다. 할머니에겐 붉은 옻칠을 한 경대가 있었는데 거울이 달려 묵직한 뚜껑을 열면 할머니 머리카락 냄새가 풍겼다. 할머니가 가게에 나가 일하는 동안 어린 송기주는 경대를 열고 사각의 거울 안에 제 얼굴과 마론 인형의 몸체가 다 담기도록 기울기를 조정한 다음 옥수수수염 같은 인형의 머리카락을 오래도록 빗겨 주었다. 마론 인형의 몸은 다 자란 어른이었고 송기주는 고작 대여섯 살이었지만 거울 속 인형은 아기였고 송기주는 엄마였다. 우리 애기, 엄마가 머리 예쁘게 빗겨 줄게요. 송기주는 어디서 들었는지도 모르는 대사를 주워섬기며 인형의 머리를 빗기다 고무줄을 가져와 한 갈래로 묶었다가 두 갈래로 묶었다가, 또 서툰 손으로 땋아 보았다가 한참 후에 풀어 곱슬곱슬해진 머리카락을 다시 빗기다가 문득 방 안의 적막이 무서워지면 할머니에게 들은 옛날이야기를 인형에게 들려주었다. 옛날 옛날 한 옛날에 어느 할머니가 빨래하러 강에 갔단다. 방망이로 탕탕 두드리며 신나게 빨래를 하고 있는데 저기 멀리서 뭔가 둥글고 커다란 것이 둥둥 떠내려오더란다. 할머니가 방망이를 죽 내밀어 그것을 건져 보니 큼직하고 먹음직스러운 복숭아였다지.

그거 모모타로 이야기 아냐?

연애 시절 송기주가 자신이 기억하는 최초의 이야기를 들려주었을 때 지철이 곧바로 끼어들었다.

모모타로?

응. 일본의 유명한 설화인데 우리말로 하면 복숭아 동자 정도 되려나?

지철이 송기주의 말머리를 분지르고 들어와서 들려준 일본의 설화는 대강 이런 내용이었다. 옛날 바닷가 마을에 남편은 나무를 하고 아내는 빨래로 품삯을 받아 먹고사는 노부부가 있었다. 어느 날 아내가 강가에서 빨래를 하는데 저 멀리서 커다란 복숭아가 둥둥 떠내려왔다. 아내는 남편과 나눠 먹을 생각으로 복숭아를 건져 빨래 함지에 담았다. 저녁에 두 사람은 칼을 가져와 복숭아를 반으로 갈랐다. 복숭아 안에서 사내아이가 나왔다. 자식이 없던 노부부는 아이에게 복숭아에서 나왔다는 뜻으로 모모타로라는 이름을 지어 주고 아들 삼아 키웠다. 양부모 아래서 늠름한 젊은이로 자란 모모타로는 나무꾼이 되어 부모를 봉양했다. 그런데 바다 건너에 사악한 요괴들이 사는 섬이 있었다. 요괴들은 걸핏하면 마을에 쳐들어와 사람들을 죽이고 보물을 빼앗아 갔다. 요괴들의 횡포를 전해 들은 모모타로는 악당의 버릇을 고쳐 주겠다며 길을 떠났다. 양부모는 모모타로를 위해 수수경단을 만들어 주었다.

잠깐. 그 이야기 아닌데?

아냐?

아냐. 우리 할머니 이야기에는 사내아이도 요괴도 안 나와.

그럼 뭐가 나와?

뭐가 나왔더라 싶을 만큼 송기주는 이야기의 몸통과 꼬리를 기억하지 못했다. 할머니는 어린 송기주를 씻기고 이부자리에 눕힌 다음 좀처럼 잠들지 못하는 손녀에게 옛날 옛날한 옛날에 어느 할머니가 빨래하러 강에 갔다로 시작하는 이야기를 들려주었다. 그러니까 빨래 할머니와 복숭아 이야기는 할머니가 송기주에게 들려준 일종의 자장가였다. 평생 불면증을 달고 사는 송기주가 이야기의 머리 부분 말고 몸통과 꼬리를 기억하지 못하는 걸 보면 그때 송기주는 이야기의 줄거리보다는 할머니의 나직한 목소리에 더 집중했는지도 모르겠다. 아니면 반찬 냄새와 동백기름 냄새가 절묘하게 섞인 할머니 냄새를 빨아들이느라 바빴거나. 송기주에겐 할머니가 들려주는 이야기나 이야기 속 다른 인물보다 현실의 할머니가 훨씬 중요했다. 손을 뻗으면 만질 수 있고 코를 벌름대면 냄새를 맡을 수 있는 실재하는 할머니가 어린 송기주에게는 생명줄과 다름없었다. 아무리 어린 나이였다지만 송기주는 할머니가 사라지면 자기 삶도 사라지고 말 거라는 사실을 본능적으로 알았다. 제 몸으로 낳은 알을 벼랑 끝으로 내던지는 기묘한 새처럼 송기주의 부모가 이제 막 걸음마를 뗀 딸을 울타리 너머로 던져 버렸을 때 송기주에게는 다행히 할머니라는 안전망이 있었다. 할머니는 어린 송기주를 받아서 안 그래도 주렁주렁 무거웠던 생을 더욱 무겁게 건너가야 했다. 오래된 동네에서 수십 년간 작은 백반집을 운영한 할머니는 관절염 탓에 밤마다 끙끙 앓는 소리를 내 송기주의 잠을 깨우곤 했는데 그런 밤이면 할머니가 이대로 죽어 버릴까 너무 무서워 송기주는 할머니 숨소리에 온 신경을 곤두세우고 뜬눈으로 밤을 지새우곤 했다. 그러다 손이 조금 야물어지면서부터는 저녁마다 할머니 어깨를 주무르고 무릎을 두드리며 주문처럼 기도처럼 속으로 같은 말을 반복했다.

(할머니, 죽지 마.)

할머니는 송기주의 속엣말을 알아들은 것처럼 손녀의 안마를 받을 때마다 말꼬리를 흐리며 중얼거렸다.

우리 기주 학교 들어가는 건 보고 죽어야 하는데…….

할머니와 송기주가 함께 깃든 밤, 옛날 옛날 한 옛날에로 시작했던 자장가 같은 이야기 소리는 이제 송기주가 할머니 어깨를 주무르고 두드리는 소리로 바뀌었다. 톡톡톡톡. 툭툭 툭툭. 퉁퉁퉁퉁. 그 소리들 사이로 할머니의 한숨과 푸념, 걱정 같은 것들이 불쑥 섞여 들었다. 이제 옛이야기는 사라졌다. 송기주가 초등학교에 입학한 다음에도 다행히 할머니는 죽지 않았다. 이제 할머니의 바람은 조금 달라졌다.

우리 기주 교복 입는 건 보고 죽어야 하는데…….

송기주가 중학교 교복을 입고 할머니 앞에서 빙그르르 한 바퀴 돌았을 때 할머니는 이제 죽어도 여한이 없다며 눈물을 찍어 냈지만 얼마 지나지 않아 바람의 말을 바꿔서 송기주를 안심시켰다.

우리 기주 대학 가는 건 보고 죽어야 하는데…….

송기주는 자꾸만 말을 바꾸는 할머니가 좋았다. 할머니의 걱정 어린 말들은 송기주에겐 삶의 이정표였다. 송기주는 할머니가 세운 허들을 제대로 넘기 위해 초등학교에 입학하고, 중학교 교복을 입고, 대학에 갔다. 막상 대학에 가면 할머니는 우리 기주 시집가는 건 보고 죽어야 하는데 하고 말을 바꿀 것이고, 또 결혼하면 우리 기주 아들딸 낳는 건 보고 죽어야 하는데 하고 말을 바꿀 테니까. 그렇게 계속 할머니 곁에서 할머니가 말로 세워 준 허들을 넘기만 하면 만사가 괜찮을 것 같았다. 가뿐하게 넘으리라. 날렵하게 넘으리라. 기꺼이 통과하리라. 송기주는 계속 다짐하며 할머니와 영원한 동반을 꿈꾸었다. 아니, 스스로 명령했다. 할머니가 사라지고 송기주의 생이 암전될 일은 절대 없어야 한다고.

송기주가 대학에 들어갔을 때 할머니는 지금껏 본 중 가장 많은 눈물을 흘리며 기뻐했다. 하지만 우리 기주 시집가는 건 보고 죽어야 하는데 하고 말을 바꾼 후 시집은커녕 대학을 졸업하는 모습도 못 보고 죽었다. 할머니가 만성 관절염과 허리 디스크로 끙끙 앓으며 아이고 나 죽네 하면 할머니 식당 일을 거들던 보람네 할머니가 세상에 허리 아파서 죽는 사람은 없다고 얄미운 소리를 하곤 했는데 할머니는 정말로 허리 통증이 아니라 사고로 죽었다. 새벽마다 가게 문을 열기 위해 수십 년을 다닌 길이건만 왜 그랬는지 할머니는 그날따라 가게 맞은편으로 길을 건너가려다가 졸음운전을 하며 언덕길을 내려오던 트럭에 치였다. 할머니 장례식은 단골손님들과 이웃 상인들로 붐볐다. 교통사고였던 만큼 호상이라는 객쩍은 말은 아무도 하지 않았지만 암으로 몇 년 고생하다 죽는 것보다는 사고로 한순간에 깔끔히 생을 마감하는 쪽이 낫다는 괴이한 소리는 가끔 튀어나왔다. 싹수없는 소리를 안주 삼아 장례식장의 술을 축내는 무례한 사람 중 비교적 젊은 축에 드는 50대 후반의 택시 기사 하나가 송기주의 동아리 선배에게 결국 멱살을 잡혔다. 인문대 사진 동아리 회장인 지철은 이틀째 장례식장에 머물며 상주 노릇을 자처하고 있었고, 송기주는 그런 지철이 고마우면서 부담스러웠다. 복학생인 지철은 송기주에게 두 번 고백하고(1학년 1학기에 한 번, 2학년 1학기에 또 한 번) 두 번 모두 차인 전력이 있었다. 고백 전력자가 아닌 그저 동아리 회장으로서 상을 당한 동아리 후배를 성심껏 돕고 싶은 마음뿐이라고 묻지도 않은 말을 건넨 지철은 이틀 내내 온갖 껄끄럽고 힘든 일들을 도맡아 처리하며 묵묵히 송기주의 곁을 지켰다. 그러다 발인 전날 밤 중년의 택시 기사가 송기주에게 제법 짭짤할 할머니 보험금을 노리고 접근하는 못된 놈들이 있을지 모르니 당분간 남자 조심하라며 낄낄거렸을 때는 참지 못하고 아버지뻘 되는 사람의 멱살을 잡았다. 술상이 엎어지고 좌중이 소란해진 틈에도 송기주는 택시 기사를 붙잡고 놓아주지 않는 지철의 손아귀를 보며 속으로 할머니를 불렀다.

(할머니, 나 시집가는 건 못 봐도 장래 손주사위는 보고 가겠네.)

지철은 송기주의 애도가 채 끝나기도 전에 세 번째로 고백했다. 생의 안전망을 잃은 송기주는 지철의 고백에 항복했다. 그렇다. 수락이 아니라 항복이었다. 지철을 사랑해서가 아니라 사랑하기로 마음먹어서 그 고백에 무너졌다. 송기주는 할머니의 몸이 화장장에 들어가는 걸 봤을 때보다 더 서럽게 울었고 지철은 송기주의 눈물을 애정의 척도로 기꺼이 착각했다. 그날 이후 송기주는 지철을 사랑하기 위해 진심으로 노력했다. 사랑은 자연 발생하지 않는다고, 노력으로 생산해야 한다고 믿었다. 사랑이 자연스레 생겨나는 거라면 송기주의 부모가 자식을 버리는 일도 없었다. 할머니조차 송기주를 처음부터 사랑해서가 아니라 사랑하겠다고 마음먹었기 때문에 매일 밤 통증으로 끙끙 앓으면서도 손녀를 버리지 않았을 것이다. 할머니에게 배운 대로 송기주는 지철을 향한 사랑을 생산하기 위해 애쓰고 또 애썼다. 다행이라고 해야 할까. 송기주는 지철이 싫지 않았다. 지철의 오지랖과 적극적인 마음은 부담스러웠지만 그런 점마저 믿음직스럽다고 생각하면 사랑의 생산이 조금 더 수월해졌다. 할머니가 곁에 없다는 상실감은 여전했지만 걸음마다 발밑이 꺼져 내릴 것만 같은 위태로움이 조금씩 가시면서 지철에게 기대고 싶은 마음이 점점 넓어졌다. 결국 할머니의 1주기를 지내고 지철과 사귄 지도 1년이 되었을 때 송기주는 지철을 향한 사랑이 완성되었다고 믿었다. 그런데 어린 시절 첫 이야기에 관한 대화를 나누다가 할머니가 들려준 복숭아 이야기를 꺼내자 지철이 모모타로 설화가 아니냐고 딴지를 걸어왔다. 지철의 한마디에 송기주는 할머니와의 소중한 추억이 오염되었다고 느꼈다. 그렇게까지 불쾌할 이유가 뭐냐고 누가 묻는다면 송기주도 딱히 할 말은 없었다. 할머니가 들려준 이야기가 할머니만의 고유한 창작물이 아니라는 것쯤은 송기주도 잘 알았다. 그래도 이야기 첫머리만 듣고 곧바로 모모타로 이야기가 아니냐고 끼어든 지철이 송기주는 몹시 미웠다. 그날 지철과 헤어져 집으로 돌아가는 길에 송기주는 할머니 이야기의 몸통과 꼬리를 떠올려 보았다. 그러나 이야기가 발이 달려 안개 자욱한 숲으로 도망쳐 버린 것처럼 조금도 기억나지 않았다. 씻고 자리에 누운 다음에도 송기주는 이야기의 흔적을 찾아 헤매느라 도통 잠을 이루지 못했고 지끈거리는 머릿속에 지철을 향한 원망만이 스멀스멀 피어올랐다. 잠과 현실의 경계에서 밤새 뒤척이다가 결국 한숨도 못 자고 날이 새고 말았을 때 송기주는 이야기의 몸통 대신 다른 것을 똑똑히 깨달았다. 사랑이 자연 발생하지 않는 노력의 산물이라면 미움은 노력과 무관하게 자연 발생했다.

옛날 옛날 한 옛날에 어느 할머니가 빨래하러 강에 갔단다. 방망이로 탕탕 두드리며 신나게 빨래를 하고 있는데 저기 멀리서 뭔가 둥글고 커다란 것이 둥둥 떠내려오더란다. 할머니가 방망이를 죽 내밀어 그것을 건져 보니 큼직하고 먹음직스러운 복숭아였다지.

할머니가 죽은 지 20년도 넘게 흘렀는데 송기주가 이제는 잊은 줄 알았던 할머니의 옛이야기를 떠올린 것은 순전히 시오 때문이었다. 첫딸은 아빠를 쏙 빼닮는다는 속설을 굳이 증명해 보이겠다는 듯 시오는 지철의 이목구비와 몸매, 체질까지 판박이로 닮았다. 다만 지철의 서글서글한 성격과 오지랖은 한 톨도 물려받지 않은 듯 시오는 아기 적부터 유난히 예민하고 까다로웠다. 그런 애가 자신 있게 써낸 대입 수시 전형 여섯 곳에 모조리 떨어지자 방문을 걸어 잠그고 밖으로 나오질 않았다. 딸 바보인 걸 대단한 긍지로 여기는 지철은 시오의 방문에 들러붙다시피 하고선 제발 나와서 밥 한 숟가락만 먹어 달라 사정사정했다. 그러면 시오는 한차례 큰 소리로 울부짖는 것으로 대답을 대신했다. 송기주는 그런 시오도 지철도 다 꼴 보기 싫었다. 부모의 보살핌과 사랑을 넘치게 받으면서 있지도 않은 결핍을 드러내는 아이가 징그러울 때가 있었다. 사춘기를 지나면서 유난히 못되게 굴며 부모를 시험에 들게 했고, 고3이 되면서는 대단한 벼슬이라도 거머쥔 것처럼 주변 사람을 쩔쩔매게 했다. 아이의 태도가 버거울 때마다 송기주는 속으로 생각했다. 네가 감히. 돈 잘 버는 아빠도 전업주부 엄마도 있는 네가 감히. 따뜻하고 쾌적한 아파트에서만 살아온 네가 감히. 아이를 향해 뾰족한 미움의 가시가 돋으면 송기주는 당장 조계사로 달려갔다. 제 몸으로 낳고 제 손으로 키운 아이가 미워지면 부모처럼 송기주 자신도 아이를 버리게 될까 봐 너무 무서웠다. 온몸에 뻗친 독을 빼는 심정으로 법당에 뛰어 들어가 백팔배를 올리고 나왔다. 남들이 대학 합격 기원 초를 켜고 수능 대박 기도를 올릴 때 송기주는 무릎이 꺾이도록 절을 하며 자연 발생하는 미움과 싸웠다. 미움은 그토록 힘이 셌다. 질기고 질겼다. 우리 기주 대학 가는 건 보고 죽어야 하는데……. 할머니의 탄식은 법당 마루에 납작 엎드린 송기주의 몸을 통과해 다른 말로 변모했다. 너 대학 가는 거 보기 전에 내가 말라 죽겠다. 송기주는 이런 칼 같은 말을 밖으로 내뱉지 않으려고 혀를 깨물고 절했다. 대체 뭐가 문제야? 뭐가 부족하다고 이래? 왜 징징거려? 너처럼 다 가진 애가? 엄마 죽는 꼴 보고 싶어서 그래? 죽순처럼 창날처럼 뾰족하게 솟는 말들을 꺾은 무릎으로, 엎드린 등으로 꾹꾹 눌렀다.

 방문을 걸어 잠그고 나오지 않은 이튿날 송기주는 시오가 좋아하는 삼계죽을 한 솥단지 끓여 놓고 조계사로 향했다. 시오의 방 앞에 잠깐 멈춰 서서 죽 끓여 놨으니 먹으라고 소리치려다가 정 배고파 못 참겠으면 제 발로 나오겠지 싶어 아무 말도 하지 않고 집을 나섰다. 절에는 수능이 끝나고 수시 합격 통보도 끝난 시점이라 학부모로 보이는 신도들이 별로 없었다. 송기주는 유난히 차갑게 느껴지는 마룻바닥에 기도용 방석을 하나 가져다 놓고 백팔배를 시작했다. 백팔배는 머릿속이 시끄러울수록 몸을 움직이기가 수월했다. 무릎 관절의 통증이랄지 허리 통증 같은 것을 일일이 의식하며 절을 했다간 백여덟 번을 채울 수 없었다. 시끄럽고 징글징글한 속을 한 움큼씩 집어 던진다고 생각해야 몸이 움직였다. 그렇게 백여덟 번을 채우면 마침내 머리가 아득해지고 아무 생각이 없어지면서 까짓것 또 한 번 살아 보지 하는 마음이 들었다. 가끔 백여덟 번의 절로도 시끄러운 속이 비워지지 않을 때가 있었는데 그러면 처음부터 숫자를 다시 세기 시작했다. 두 번째 백팔배는 사실상 백팔배인지 아닌지 알 수 없는 상태로 마음이 가라앉을 때까지 절을 하다 이만하면 됐다 하고 끝날 때가 많았다. 이런 이유로 송기주는 자신을 불교 신자라 여기지 않았다. 그저 편의에 따라 약간의 사용료를 내고 법당을 이용하는 불경한 고객일 뿐이었다.

두 번째 백팔배를 시작하고 이만하면 됐다는 마음이 겨우 찾아와 몸을 일으켰다가 복숭아를 보았다. 무릎과 허리를 중심으로 감각이 둔중해지고 머릿속도 아득해졌을 때 불단에 놓인 큼직한 복숭아가 눈에 들어왔다. 한겨울 복숭아라니. 믿기지 않았다. 복숭아는 다른 과일들 사이에서 유독 크고 뽀얗게 빛났다. 송기주는 헛것을 보았나, 아니면 모조 과일인가 싶어 눈을 급히 깜박였다. 그래도 모르겠어서 가까이 다가갔다. 껍질에 복숭아 특유의 홍조가 전혀 보이지 않았다. 법당 안 조명이 어둑해 정확한 색깔을 확신할 수는 없었다. 아무래도 가짜지 싶어 송기주는 손을 뻗어 복숭아를 만져 보았다. 벨벳처럼 부드러운 잔털이 느껴졌다. 검지로 살짝 찔러 보았다. 단단한 표면 아래 무른 속의 느낌이 전해졌다. 송기주는 반사적으로 뒤를 돌아보았다. 법회 시간이 아니라서 넓은 법당 안에는 신도 서너 명이 조금 전의 송기주처럼 자신만의 기원에 몰두해 있었다. 그들의 시선이 전부 불단을 향하지 않을 때 송기주는 얼른 복숭아 한 알을 코트 주머니에 넣었다. 서둘러 법당을 빠져나오면서 흘끗 불단 쪽을 보았다가 저 위에서 내려다보는 본존불과 눈이 마주쳤지만 부처는 특유의 미소를 지을 뿐이었다. 송기주는 그 미소를 허락의 뜻으로 여기고 불상을 향해 꾸벅 마지막 인사를 건넸다.

　버스를 타고 집으로 돌아오는 길에 송기주는 자꾸 새어 나오는 웃음을 참아야 했다. 코트 오른쪽 주머니에서 향긋한 냄새가 피어올랐다. 몸이 오른쪽으로 기우는 것도 재미있었다. 세상에, 한겨울 복숭아라니. 속으로 되뇌며 가볍게 도리질을 치기도 했다. 초등학교에 들어가 한글을 읽게 되자 할머니는 큰마음 먹고 할부로 옛이야기 그림책 전집을 사 주었다. 이야기 속 주인공들은 언제나 불가능한 일을 해내야 했다. 특히 한겨울에 구할 수 없는 것들을 구해 오는 임무가 주어졌다. 일테면 한겨울 눈밭에서 딸기나 복숭아를 구해야 한다거나 꽝꽝 얼어붙은 겨울 강에서 큼직한 잉어를 잡아 와야 했다. 이 불가능한 임무는 사실상 징벌이었고, 주인공에게 가혹한 벌을 내리는 사람은 의외로 가까운 지인이었다. 병에 걸린 부모나 조부모는 언제나 죽기 전 마지막 소원이라며 한겨울 딸기나 복숭아, 잉어를 원했다. 그러면 효심 깊은 주인공이 불가능한 임무에 도전장을 던졌다. 지금 생각하면 그 임무란 사실상 죽음으로 가는 길이었다. 어린아이가 한겨울 눈밭을 헤매다 딸기를 구할 확률과 얼어 죽을 확률은 굳이 따져 비교할 필요도 없다. 그런데 이야기는 언제나 주인공의 성공으로 끝난다. 주인공은 한겨울에 무릉도원 같은 기묘한 공간에 들어서고 그곳에서 잔뜩 열린 딸기나 복숭아를 만난다. 온도도 습도도 다른 이 완벽한 공간은 사후 세계의 상징일지도 모른다. 결국 불가능한 일을 가능하게 하는 방법은 오직 죽음뿐이라는 말이다. 송기주는 할머니가 사 준 옛이야기책을 읽으면서 일찍부터 이런 비관적인 결론에 도달했다. 설정 자체가 잘 이해되지 않았다. 이야기 속 부모나 조부모는 왜 어린 주인공에게 이토록 힘든 일을 시키는가. 왜 이 엄마는 혹은 이 할아버지는 죽기 직전 고작 딸기나 복숭아 따위가 먹고 싶은가 말이다. 사랑하는 딸이 혹은 손주가 이 팍팍한 세계에 홀로 남겨지려고 하는데. 겨우. 딸기라니. 복숭아라니. 큰길 건너 약국에 가서 할머니 허리에 붙일 파스를 사 와야 했던 송기주 자신의 심부름과는 비교가 안 되었다. 약국까지 가려면 대형 트럭이 오가는 큰길을 건너야 했고, 막상 약국에 도착해도 계산대가 너무 높아 약사 아저씨를 몇 번이나 불러야 겨우 주의를 끌었다. 어렵게 파스를 구하고 다시 집으로 돌아오는 길에 큰길을 건너는 횡단보도 앞에 서 있으면 송기주는 질주하는 대형 트럭을 보고 늘 죽음을 떠올렸다. 그래서 옛이야기 속 주인공이 임무를 수행하러 갈 때마다 송기주는 자신보다 몇 곱절로 어려운 역경에 처한 주인공이 맞이하게 될 온갖 사고와 죽음의 가능성을 떠올리며 불안에 떨었다. 주인공은 눈 쌓인 산을 하나 넘기도 전에 얼어 죽을 것이다. 잉어를 구하려다가 쩡 하고 얼음이 쪼개지면서 강이 주인공까지 집어삼킬 것이다. 송기주는 온갖 가능성을 점치며 책장을 넘기다가 마침내 주인공이 불가능한 임무를 완수하고 집으로 돌아오면 안도의 눈물을 흘렸다. 그런 송기주를 보고 할머니는 착한 사람이 눈물도 많은 법이라고 말해 주었지만 송기주는 자신이 착한 사람이 아니라는 걸 잘 알았다. 송기주는 그저 불안하고 불행을 두려워하는 사람이었다.

어른이 된 송기주는 한겨울 딸기가 제철 과일이 되었다는 말을 듣고 오랜만에 옛이야기를 떠올렸다. 한겨울 잉어 구하기도 어려운 일이 아니었다. 그런데 복숭아만은 예외였다. 아마 10년 전쯤 지철의 작은아버지에게 들은 이야기 때문일 것이다. 지철의 작은아버지는 재벌 그룹 총수의 비서실장까지 지내고 은퇴하면서 재산의 상당 부분을 투자해 경기도의 복숭아 과수원을 매입했다. 그런 행보가 강남 한복판의 타워형 아파트에 사는 사람의 노후라기엔 어쩐지 어울리지 않는다고 생각했는데 시아버지 칠순 잔치를 겸한 가족 모임에서 당사자에게 직접 해명을 들을 수 있었다. 작은아버지 말로는 복숭아라는 게 절대 장기 보관이 안 되고 여름 한 철에만 먹을 수 있으므로 그 희소성 덕분에 비싼 가격에도 꼭 사 먹는 사람들이 존재했다. 맛과 모양만 보장되면 아무리 비싸도 사 먹을 사람은 다 사 먹거든. 딱 여름 한 철에만 먹을 수 있으니까. 이 여름이 지나면 복숭아를 만날 수 없다 생각하면 조바심이 나서 지갑을 열게 돼 있어. 작은아버지는 특유의 울림이 큰 목소리로 장담했다. 게다가 과수원을 매입했을 뿐 직접 농사를 짓지는 않고 소작을 준다 했으니 귀농이 아니라 투자를 했을 뿐이었다. 그날 이후로 송기주는 복숭아 하면 '딱 여름 한 철에만 먹을 수 있는 과일'이라는 말을 떠올렸고, 여름철 마트 과일 코너에서 예산을 초과하는 가격표가 붙은 복숭아 박스를 만났을 때 '이 여름이 지나면 복숭아를 만날 수 없다.'라는 이상한 조바심을 느끼며 얼른 카트에 담곤 했다. 그런데 겨울 복숭아라니. 어이가 없으면서 동시에 자꾸 웃음이 나왔다. 송기주는 지철의 작은아버지에게 따지고 싶었다. 작은아버지! 복숭아는 딱 여름 한 철에만 먹을 수 있다면서요! 한

겨울에 복숭아가 있네요! 버스가 크게 커브를 돌며 송기주의 몸이 오른쪽으로 확 기울었다. 주머니 속 복숭아가 한결 묵직하게 느껴졌다. 송기주는 이제 할머니를 떠올렸다. 할머니. 세상에. 한겨울에 복숭아가 나온대. 그러자 버스 안의 백색소음이 잠자리에 누운 어린 송기주의 귀에 흘러들었던 할머니 목소리로 변했다. 옛날 옛날 한 옛날에 어느 할머니가 빨래하러 강에 갔단다. 방망이로 탕탕 두드리며 신나게 빨래를 하고 있는데 저기 멀리서 뭔가 둥글고 커다란 것이 둥둥 떠내려오더란다. 할머니가 방망이를 죽 내밀어 그것을 건져 보니 큼직하고 먹음직스러운 복숭아였다지.

(그래서, 할머니?)

송기주는 이야기의 꼬리를 놓칠세라 다급하게 물었다.

(그다음에 어떻게 됐어?)

기억 속의 할머니가 장난기 가득한 미소를 띠고 송기주에게 말했다.

(그러게. 어떻게 됐을까? 우리 기주가 맞혀 볼까?)

빨래 할머니는 둥둥 떠내려온 복숭아를 어떻게 했을까? 어떤 기대를 품고 집으로 갔을까? 그 안에서 무엇이 나왔을까? 일본의 빨래 할머니가 건져 낸 복숭아에서는 모모타로가 나왔다. 할머니가 건진 복숭아에서는 무엇이 나왔나?

(우리 기주가 잘라 볼까?)

(슬근슬근 톱질이야. 복숭아를 갈라 보자.)

흥부 놀부 이야기가 뒤섞인 새로운 이야기가 시작되었다. 상상 속에서 할머니와 송기주는 톱 양쪽을 붙잡고 박자에 맞춰 신나게 톱질을 시작했다.

(슬근슬근 톱질이야. 복 복숭아 갈라진다. 무엇이 나오려나?)

어린 송기주가 대답했다.

(케이크! 사탕! 딸기우유!)

(내 새끼 좋아하는 케이크! 사탕! 딸기우유! 나와라!)

(분홍 원피스! 분홍 책가방! 분홍 구두!)

(내 새끼 좋아하는 원피스! 책가방! 구두! 다 나와라!)

(슬근슬근 톱질이야. 복 복숭아 갈라진다. 또 무엇이 나오려나?)

(할머니 똥!)

기억이 한순간에 밀려왔다. 이제 더는 상상이 아니었다. 할머니 품에 안겨 상상으로 복숭아를 가르고 갖고 싶은 것을 맘껏 주워섬기다가 마지막으로 할머니 똥! 하고 외친 다음 숨이 넘어가게 웃었던 몸이 어떻게 긴장하고 어떻게 이완되었는지 낱낱이 떠올랐다. 그게 복숭아 이야기의 몸통과 꼬리였다. 할머니가 먼저 운을 떼면 송기주가 이어 말했다. 여러 이야기가 섞여 들었고 매일 밤 새로운 이야기가 탄생했다. 그러므로 이 빨래 할머니와 복숭아 이야기는 옛이야기 그림책에도 없고 모모타로 설화도 아닌 그저 할머니와 송기주만의 이야기였다. 눈물이 와락 쏟아지기 전에 버스에서 내렸다. 그새 날이 저물어 눈물을 줄줄 흘리며 걷는데도 아무도 알아채지 못했다. 송기주는 집에 돌아오자마자 주머니에서 복숭아를 꺼내 식탁에 올려놓고 휴대폰으로 '겨울 복숭아'를 검색했다. 눈 설(雪) 자가 들어가는 다양한 브랜드의 복숭아 상품이 주르륵 떴다. 쇼핑몰마다 붙여 놓은 가격표를 보고 송기주는 전화기를 떨어뜨릴 뻔하게 놀랐다. 딱 여름 한 철에만 먹을 수 있는 과일이 아니게 되었는데 겨울 복숭아는 여름 복숭아보다 몇 곱절 비쌌다. 희소성이 떨어진 게 아니라 또 다른 희소성이 생겨났다. 복숭아는 여름에도 겨울에도 아무나 쉽게 먹을 수 있는 과일이 아니었다. 송기주는 식탁 의자에 앉아 복숭아를 껍질째 와락 한 입 베어 물었다. 달고 따뜻했다. 송기주는 복숭아를 한 입 더 깨물었다. 부엌은 송기주가 삼계죽을 끓여 놓고 나갈 때 모습 그대로였다. 시오는 끝내 굶고 있는 모양이었다. 송기주는 벌떡 일어나 코트를 벗으며 여전히 굳게 닫힌 시오의 방을 향해 큰 소리로 외쳤다.

이시오! 다 울었으면 이제 밥 먹자!

∞

반지영은 정오 가까운 시간에 일어나 물을 마시러 나왔다가 거실 유리창 너머로 맞은편 아파트 외벽에 걸린 검은색 현수막을 보았다. 일부러 보았다기보다는 저쪽에서 막무가내로 시야에 쳐들어왔다고 해야 할 만큼 반지영은 한 달 넘게 걸려 있는 저 현수막이 보기 싫었다. 검은색 천과 손으로 쓴 게 분명한 조악한 흰색 글씨는 말끔하게 인쇄한 기성품 현수막보다 훨씬 더 불온해 보였다. 어쩌면 그게 저 현수막을 제작하고 내건 사람들이 노린 효과일지도 몰랐다.

쓰레기를 버리려거든 우리를 죽여라!

10년 넘게 쓰레기 먹었다. 우리는 시체다!

아이들이 죽어 간다! 서울시는 각오해라!

반지영은 커피를 내리고 냉장고에서 구운 달걀과 귤 하나를 꺼내 식탁 앞에 앉았다. 커피가 들어갈수록 빈속은 찌르르 아프고 머리는 맑아졌다. 이번에 처방받은 위염약은 별로 효과가 없는 듯했다. 의사는 카페인과 술, 담배를 모두 끊어야 위통에서 벗어난다고 했지만 반지영에게 카페인과 술과 담배가 없는 삶은 그냥 죽으라는 말과 같았다. 그냥 죽으라는 말이지. 속엣말이라지만 이렇게 과격한 언사를 떠올린 것도 아파트 외벽에 걸린 저 현수막 때문이려니 생각하자 다시금 짜증이 솟구쳤다. 현수막에 다급한 글씨체로 쓴 구호들은 언뜻 절박해 보였으나 하나하나 뜯어보면 앞뒤가 맞지 않고 문법에도 어긋났다. 반지영은 구운 달걀 껍데기를 천천히 벗기며 눈앞의 구호를 교정하기 시작했다. '쓰레기를 버리려거든 우리를 죽여라.'는 '쓰레기를 버리려거든 우리부터 죽이고 해라.'로 다듬어졌다. '10년 넘게 쓰레기 먹었다. 우리는 시체다!'는 '10년 넘게 쓰레기를 먹다시피 했다. 그러므로 우리는 시체와 다름이 없다!'로 수정했다. 그런데 다시 보니 두 번째 문장에 붙은 느낌표를 첫 번째 문장으로 옮기는 게 좋을까, 아니면 두 문장 모두에 붙일까 고민이 되었다. '우리는 시체다!'는 어쩐지 시체임을 과시하는 것 같아 협박성 구호에는 어울리지 않았다. 가장 문제적인 문장은 세 번째 구호였다. '아이들이 죽어 간다! 서울시는 각오해라!'라니. 두 문장 사이에 벌어진 틈이 너무 커서 해석의 범위도 그만큼 넓어졌다. 구호란 우선 주장을 선명하게 담아야 하지 않는가. 쓰레기를 너무 많이 먹다시피 해 아이들이 죽어 간다는 뜻인 모양인데 현실의 과장이 너무 심한 동시에 정치적인 행위에 어린아이들을 끌어들이는 게 어쩐지 윤리적으로 개운하지 않았고, 무엇보다 아이들이 죽어 가는데 왜 서울시가 각오를 해야 하는지, 또 무엇을 각오해야 하는지 분명하게 와닿지 않았다. 아이들이 죽어 가는 사실 자체를 서울시가 두려워해야 한다는 말인지, 죽어 가는 아이들 때문에 분노한 어른들이 어떤 행동을 할 예정이니 서울시가 각오해야 한다는 말인지 알 수가 없었다. 어느 쪽이든 어른들의 싸움에 아이들을 무기로 내세우는 저열한 전략으로 보여 목덜미가 서늘해졌다.
 애들 보기 부끄럽지도 않습니까?
 어른들은 늘 애들을 방패로 내세우고 자기 울분을 버무렸다. 문제는 대립하는 양측 모두 아이들을 위한다고 주장하는 거였다. 선거 때마다 완전히 상반된 정책을 내세우는 양대 정당이 모두 국민을 위한다고 주장할 때처럼 어이없고 심란한 일이었다. 정치에 관해서라면 반지영은 어느 쪽이 조금이라도 국민을 위하는 정책을 내세우는지 꼼꼼히 따져 보고 투표할 자신이 있었다. 그러나 교무실과 학부모회가 싸울 때는 어느 쪽이 정말로 아이들을 위하는지 알 수가 없어 그 자리를 떠났다. 비겁한 도망인 줄 알면서도 그랬다. 반지영은 자신의 전부를 내걸 만큼 아이들을 사랑하지 않았다. 교감을 중심으로 한 교무실은 교권과 학교의 명예를 위해 싸웠고 수호 어머니가 선두에 선 학부모회는 자식의 안락한 미래를 위해 싸웠지만 반지영에겐 반드시 지켜야 할 대의가 없었다. 적어도 15년 전의 반지영에겐 자신 말고 지키고 싶은 게 없었다.
 애들 보기 부끄럽지도 않습니까, 어머님?
 애들 보기 부끄럽지도 않나요, 선생님?
 똑같은 말이 완전히 상반된 무기가 되어 서로를 향해 날아갔다. 수호 어머니는 젊은 영어 교사인 반지영에게 수호의 내신 등급을 한 단계 아래로 내려 버린 수행평가에 이의를 제

기했다. 수행평가에서는 임의로 주어진 상황에서 두 학생이 영어로 대화를 나누었다. 수호는 상대 아이의 질문에 대답하지 못하고 일 분 넘게 머뭇거렸다. 외국의 미술관에 가서 안내 직원에게 짐을 맡길 수 있는지, 입장료는 얼마인지 묻고 전시실에 들어가 미술 작품을 감상하며 대화를 나누는 것이 수호에게 주어진 상황이었다. 평소에도 말수가 적은 수호와 달리 상대 학생은 평가가 시작되자마자 무거운 트렁크를 끌고 미술관 안으로 들어가는 상황을 과장되게 연기해 아이들을 웃겼다. 대화 역시 상대 학생이 주도하고 수호는 대답하는 식으로 흘러갔다. 미술관 직원 역을 맡은 반지영에게 질문하는 사람도 수호가 아니라 상대 학생이었다. 반지영이 보기에 그 학생은 유독 수호를 향한 경쟁심이 강하거나 원래 공격적이고 적극적인 성격 같았다. 교실의 대형 모니터에 반지영이 미리 준비해 온 배경 사진이 미술관 입구에서 전시실 안으로 바뀌었다. 본격적인 대화가 시작되어야 했다. 이때도 상대 학생이 먼저 미술 작품에 대한 감상을 말하고 수호에게 너는 어떻게 생각하느냐고 물었다. 수호는 대화의 주도권은 빼앗겼지만 우등생답게 어려운 어휘와 표현법을 써서 대사를 완성했다. 그 모습을 보며 반지영은 두 학생 모두 만점을 받겠구나 자기도 모르게 안도했다. 그런데 배경이 미켈란젤로의 다비드상으로 바뀌면서 예기치 못한 상황이 발생했다. 근육과 성기까지 사실적으로 표현된 나체 조각상이 화면에 뜨자 아이들이 우우우우 괴성을 지르며 흥분하기 시작했다. 반지영은 생각지도 못한 반응에 몹시 당황해 교실 안을 훑어보았다. 그리고 그 짧은 순간 수호의 얼굴이 붉게 달아오르고 상대 학생의 눈빛이 묘하게 일렁이는 것을 보고 말았다. 상대 학생이 별안간 짧고 쉬운 영어로 수호에게 물었다.

좋냐?

아이들이 일제히 웃음을 터뜨렸다. 반지영은 그제야 아무 생각 없이 다비드상을 배경 화면으로 선택한 자신이 얼마나 태만했는지 깨달았다. 남녀공학이었다면 여성이든 남성이든 나체상을 수업 자료로 고르지 않았을 것이다. 남학교였기 때문에 남성의 나체상 정도는 다 같이 봐도 괜찮지 않을까, 예술 작품인데 생각했다. 킥킥대거나 수군거리는 아이들이 있으리라는 예상은 했지만 예술 작품은 오로지 예술로만 보라고 가볍게 충고할 생각이었다. 그런데 "좋냐?"라는 한마디에 교실은 말 그대로 뒤집어졌고 수호는 새빨개진 얼굴로 교실 바닥만 내려다보고 있었다. 상대 학생이 잠시 기다렸다가 다시 말했다.

네가 좋아할 줄 알았어. 온 세상이 다 아는 사실이니까. 실컷 즐기렴.

아이들의 웃음이 더 커졌다. 수호는 겨우 정신을 차렸는지 무참한 얼굴로 한마디 했다.

고마워.

그리고 수호가 먼저 자리로 돌아갔다. 수행평가 최소 시간을 채우지 못한 채로. 반지영은 묘한 열패감을 느끼며 상대 학생에게 20점 만점을 수호에게 14점을 주었다.

나체상이 불러온 한바탕 소동 정도로 생각하고 넘긴 일이 학기 말 성적 처리가 끝나자마자 엄청난 후폭풍을 몰고 왔다. 자식의 의대 진학을 최종 목표로 삼은 수호 어머니이자 학부모회 회장이 예고도 없이 불쑥 교무실에 들어와 반지영을 찾았다. 수호 어머니는 교감과 교무주임이 바로 옆에 서서 지켜보는 가운데 반지영에게 지난번 영어 회화 수행평가가 얼마나 불합리하고 불공정했는지 조목조목 따졌다. 말투는 권위로 끈적였고 태도는 집요했다. 반지영은 목덜미가 서늘해지는 것을 느끼면서도 애써 침착한 목소리로 자신이 고안한 수행평가는 아무런 문제가 없을 뿐 아니라 대학 전공 시간에 배운 교육공학 이론에 비추어 보면 오히려 양질의 평가라고 맞섰다. 수호 어머니의 등 뒤에 서 있던 교감과 교무주임이 응원의 눈빛을 보냈다. 대화가 이어질수록 도무지 말이 안 통한다고 느꼈는지 수호 어머니의 높아진 언성과 권위적이던 말투도 어지럽게 흩어졌다.

한창 민감할 애들한테 숭한 누드나 보여 주고, 애들 보기 부끄럽지도 않나요, 선생님?

누드가 아닙니다. 세계적으로 인정받는 미켈란젤로의 예술 작품입니다.

아니, 예술 작품이면 교실에서 뽀르노 같은 걸 보여 줘도 된다는 말이에요? 이 아가씨가 지금?

유난히 외설적으로 발음된 '뽀르노'라는 말과 '아가씨'라는 호칭이 동시에 날아와 반지영에게 꽂혔다. 순간 교감과 교무주임이 동시에 소리쳤다.

아가씨라뇨? 엄연한 선생님입니다!

성적이 마음에 안 든다고 이렇게 교권을 침해하시면 안 됩니다. 애들 보기 부끄럽지도 않습니까, 어머님?

수행평가가 적절했는가의 공방이 '아가씨'라는 호칭이 교권 침해냐 아니냐로 넘어갔다. 권위 있는 중년 남성 두 사람이 한꺼번에 반지영을 두둔하고 나서자 수호 어머니는 눈에 띄게 당황하며 일단 반지영을 아가씨라고 부른 점을 우물쭈물 사과했다. 그러나 이번 수행평가가 부당했다는 생각에는 변함이 없으므로 교장을 찾아가든 교육청을 찾아가든 끝까지 투쟁할 거라고 결연하게 말하고는 교무실을 떠났다. 교무주임이 축 처진 반지영의 어깨를 가볍게 토닥이고 자리로 돌아갔다. 반지영은 사람들 앞에서 눈물이 쏟아지기 전에 서둘러 교사 화장실로 향했다. 안 그래도 햇병아리 취급을 받는 교무실에서 선배 교사들에게 조카처럼 두둔을 받은 직후 꼴사납게 우는 모습을 보이고 싶지 않았다. 두루마리 휴지를 몇 번이나 뜯어 눈물과 콧물을 닦으면서 겁박과 다름없었던 수호 어머니의 태도를 떠올리며 억울함을 곱씹었다. 하지만 울음이 어느 정도 잦아들고 세면대 앞에서 얼굴을 씻으며 거울을 보았을 때는 벌겋게 충혈된 흰자위가 그보다 더 벌겋게 달아오른 얼굴로 고개를 들지 못했던 수호를 떠올리게 했다. 그제야 반지영은 애써 밀쳐 두었던 의문을 전면에 떠올렸다. 공격적으로 대화를 주도했던 그 아이는 왜 다비드상이 뜨자마자 먹잇감을 목격한 맹수처럼 눈을 빛냈을까? 수호는 왜 그저 장난으로 넘길 수도 있었을 그 짧은 질문 '좋냐?'에 온몸이 굳을 만큼 당황했을까? 십수 년이 훌쩍 지난 지금에야 반지영은 깨달았다. 자신이 남보다 몇 곱절 어렵게 임용 고시를 통과하고 차지한 교사직을 버리기로 결심한 것은 수호 어머니가 교육청에 민원을 넣어 압박의 수위를 높였을 때가 아니었고, 교감이 시내 레스토랑으로 불러내 수호의 수행평가 성적을 재고해 달라고 은근히 종용했을 때도 아니었다. 그날 반지영은 화장실에서 실컷 울고 나온 후 다음 수업을 위해 복도를 지나가다가 맞은편에서 걸어오는 수호와 마주쳤다. 수업 시간에 눈이 마주치면 수줍게 고개를 숙이곤 했던 수호가 그날은 처음부터 끝까지 시선을 피하지 않고 반지영을 똑바로 쳐다보았다. 눈빛에 원망이 가득 서려 있었다. 그 원망은 성적을 낮게 줘서 의대 진학에 차질이 빚어졌다는 수호 어머니의 원망과는 질감이 달랐다. 반지영은 자신의 무심한 날갯짓이 어떤 후폭풍을 불러와 수호를 후려쳤는지 비로소 깨달았다. 그해 말 반지영은 수호의 성적을 끝까지 고쳐 주지 않고 휴직계를 냈다. 성적을 고치지 않는 것이 수호를 향한 마지막 예의라고 굳게 믿었다.

눈앞의 현수막을 노려보며 천천히 구운 달걀을 씹는데 거실 벽 높은 곳에 달린 스피커에서 관리 사무소의 안내 방송이 흘러나왔다. 한 달 넘게 반복 중인 방송이라 거의 외울 지경이었다. 인공지능이 젊은 여성의 목소리로 읽어 주는 안내 방송은 청아한 음성과 어울리지 않게 내용이 살벌했다. 원래 쓰레기 매립지이던 곳이 공원으로 조성되고 바로 옆에 대규모 아파트 단지와 첨단산업 단지가 들어서면서 소위 '뜨는' 동네가 된 지 십수 년이 되었다. 그런데 시에서 근처에 쓰레기 처리장을 만든다고 발표하면서 동네가 발칵 뒤집어졌다. 반지영은 존재조차 몰랐던 아파트 안의 온갖 조직이 대책 위원회를 만들더니 이런저런 대응에 나섰다. 대책위는 매일 세 차례 안내 방송을 통해 서울시를 규탄했고 주민들에게 투쟁에 동참해 달라고 당부했다. 동대표회와 부녀회가 투쟁 기금을 모금하고 아파트 건물 외벽마다 대형 현수막을 걸었다. 또 게시판마다 시뻘건 글씨와 절박한 호소, 살벌한 이미지가 가득한 인쇄물이 나붙었다. 노인정이든 놀이터 벤치든 사람이 둘 이상 모이면 어김없이 쓰레기 처리장 이야기를 나누었다. 다들 시의 일방적인 결정과 통보에 분노했고 동네가 맞이하게 될 불길한 미래를 걱정했다. 대책위가 내건 모든 게시물은 쓰레기 처리장이 동네에 불러올 재앙이 오직 주민들의 건강과 아이들의 미래와 관계있는 것처럼 말했다. 그러나 주민들 상당수가 가장 걱정하고 두려워하는 일이 따로 있다는 사실은 지나가는 개나 고양이도 아는 것 같았다. 시의 발표가 있자마자 아파트 가격이 크게 휘청거렸다. 집주인들은 매일 초조한 마음으로 부동산 거래 사이트를 들락거리고 있을 것이다. 아파트 소유주가 아닌 세입자라도 쓰레기 처리장이 불러올 동네 이미지 하락을 걱정했다. 물론 정말로 주민들의 건강과 아이들의 미래를 걱정하는 사람도 있을 것이다. 다만 이 문제에 관해 목소리를 높이는 사람일수록 아파트 가격 하락을 가장 걱정할 거라고 반지영은 확신했다. 이렇게 아름다운 우리 동네에 쓰레기 처리장이라니 말이나 됩니까? 인공지능의 청아한 목소리가 신파조 문장을 발음할 때마다 반지영은 부녀회장의 너부죽한 얼굴을 떠올리고 얼굴을 찡그렸다.

이렇게 책임감이 없으니까 우리 임대 아파트가 싸잡아 욕을 먹는 거예요!

연대 서명을 거부하는 반지영에게 부녀회장이 쏘아붙였다. 여기서 왜 임대 아파트 이야기가 나오냐고 반지영이 따져 묻자 부녀회장은 경멸을 숨기지 않고 코웃음을 치더니 목소리를 한 톤 낮춰 말했다.

우리가 죽음을 불사하고 싸우는 이유가 뭡니까? 한낱 집값 때문입니까? 정말 집값만 걱정했으면 우리 임대 단지는 대책 위원회에 끼지도 않았겠죠.

반지영은 아침부터 불쑥 찾아와 당연한 듯 서명지를 내민 부녀회장이라는 여자가 정말로 싸우는 이유가 뭘까 진심으로 궁금해졌다. 여자의 말대로 임대 아파트 주민이 아파트 가격 하락을 걱정할 이유는 없었다. 임대 아파트 입주 조건이 달라지지만 않으면 아파트값도 전세금도 걱정할 필요 없이 좋은 입지에 잘 지었다고 소문난 아파트의 쾌적함을 오래도록 누릴 수 있다. 반지영은 어렵게 입주 조건을 충족해 살게 된 이 아파트에 되도록 오래오래 살고 싶었고, 그럴 수만 있다면 근처에 쓰레기 처리장이 생기든 공원묘지가 생기든 하수처리장이 생기든 상관없었다. 아니, 더 솔직히 말하면 평소 임대 아파트를 우습게 알며 집값과 동네 이미지 상승을 노골적으로 자랑해 온 비임대 아파트 주민들이 이번 일로 전전긍긍하는 모습이 반지영은 고소하기 짝이 없었다. 그런 반지영에게 임대 아파트 단지의 부녀회장이라는 여자가 찾아와 연대 서명을 요구했다. 서명하고 싶지 않다는 반지영의 말에 부녀회장은 우선 충격을 받은 것 같았다. 이유가 뭐냐고 물었을 때 반지영이 쓰레기 처리장에 반대하지 않는다고 말하자 충격은 분노로 바뀌었다. 여자는 그만 문을 닫고 들어가려는 반지영의 팔을 와락 붙잡고 임대 아파트 주민이 더 열심히 쓰레기 처리장에 반대해야 하는 이유를 힘주어 설명하기 시작했다. 임대와 비임대 여부를 떠나 우리 아이들에게 살기 좋은 동네를 물려줘야 하고, 그러려면 집값 하락과 상관없는 임대 아파트 주민들이 더욱 열심히 투쟁에 나서 이 싸움의 명분을 온 세상에 똑똑히 보여 줘야 한다고 여자는 목소리를 높였다. 여자의 말은 숭고했다. 아름답기까지 했다. 여자의 말이 진심으로 들려서 더 무서웠다. 홀린 듯 듣다가 뺨에 축축한 침이 튀는 걸 느끼고 반지영은 소스라치며 손을 뿌리치고 현관문을 쾅 닫아 버렸다. 문밖에서 여자가 소리쳤다.

부끄럽지도 않습니까?

부끄럽지 않았다. 그날 이후 부녀회장은 일정한 시간에 찾아와 초인종을 눌러 댔다. 주로 아버지가 이른 아침을 챙겨 먹고 외출한 다음 반지영이 늦게까지 자는 오전 시간대였다. 처음 몇 번은 초인종 소리에 반사적으로 방을 나와 인터폰 화면에 비친 부녀회장의 얼굴을 확인하고 나직하게 욕설을 내뱉으며 방으로 돌아가길 반복했다. 그러나 이제는 초인종 소리가 들려도 침대에서 일어나지 않았다. 반지영이 정오 무렵 아침 겸 점심을 먹고 학원 출근 준비를 마친 후 집을 나서면 현관문 바깥쪽에 부녀회장의 짓이 분명한 전단이 붙어 있었다. 같은 복도를 쓰는 다른 집에는 전단이 붙어 있지 않았다. 이들은 전부 부녀회장이 내민 서명지에 연대 서명한 걸까? 반지영을 제외한 모두가 부녀회장의 주장에 동의하나? 아니면 그저 귀찮아서 대충 서명하고 말았나? 아버지는 어땠을까? 부녀회장이 처음 찾아왔을 때 문을 열어 준 사람이 아버지였다면 아무 말 없이 서명하고 여자를 돌려보냈을까?

인공지능의 안내 방송이 끝났다. 평소였다면 딩동댕동 하는 음악과 함께 방송이 끝났을 텐데 갑자기 치지직 하는 잡음이 들렸다. 관리 사무소에서 기기를 잘못 다루고 있는 모양이라고 생각하며 마지막 귤 조각을 입에 넣었을 때 스피커에서 진짜 사람의 목소리가 들려왔다. 중년 여성의 목소리가 사흘 후 예정된 쓰레기 처리장 반대 집회에 적극 동참해 달라고 호소했다. 투쟁, 죽음 불사, 반대, 사수 등의 용어가 두드러졌다. 아파트 장례식을 거행할 예정이니 다들 드레스 코드로 검은 상복을 입고 나와 달라고 했을 때는 아파트, 장례식, 드레스 코드라는 단어의 이질적인 나열에 짜증이 솟구쳤다. 고작 아파트값을 지키겠다고 죽음을 운운하다니 짜증은 분노로 바뀌었다. 어쩐지 부녀회장인 것만 같은 스피커 음성이 마지막으로 외쳤다.

여러분, 우리 아이들의 미래가 걸려 있습니다! 모두 투쟁에 동참해 주십시오! 이기심으로 투쟁을 외면하는 분들은 부끄럽지도 않습니까?

부끄럽지 않았다. 반지영은 마지막 남은 커피 한 모금을 마시고 식탁에서 일어났다. 커피잔과 그릇을 싱크대로 가져갔다. 설거지는 간단했다. 개수대 바스켓 위에 아버지가 아침을 먹고 씻어 놓은 밥그릇과 국그릇이 아직 물기를 머금고 엎어져 있었다. 반지영은 아버지의 그릇을 피해 개수대 오른쪽에 있는 스테인리스 건조대에 머그잔과 그릇을 엎어 놓았다. 두 사람은 한집에 살면서도 철저히 분리된 생활을 해 나갔다. 말기 암 환자인 엄마가 오래 앓다가 세상을 떠난 후 아버지 명의로 되어 있던 낡은 단독주택을 팔아 밀린 병원비와 빚을 청산하고 반지영은 늙은 아버지와 함께 사는 조건으로 이 임대 아파트에 입주할 수 있었다. 흔히 비혼의 중년 딸과 홀아비인 아버지가 함께 산다고 하면 반지영을 천하의 효녀로 추켜세웠다. 일찍 결혼해 저마다 4인 가족을 이룬 언니들도 엄마의 간병을 도맡고 홀아버지와 동거까지 자처한 막내에게 미안함과 고마움을 넘치도록 표현했다. 두 언니는 자주 밑반찬과 김치를 보내 주었고 아버지에게 따로 용돈도 부치는 눈치였다. 사람들은 반지영의 사연을 듣고 효녀 심청이니, 리어왕의 셋째 딸 코델리아니, 부모를 살리겠다고 생명수를 구하러 저승까지 간 바리데기를 입에 올렸지만 반지영은 자기 행동이 희생도 효심 때문도 아님을 잘 알았다. 엄마의 간병을 자처했던 것은 노년에 접어든 엄마의 지원을 받아 어렵사리 얻은 교직을 한순간에 그만두고 엄마에게 지독한 실망감을 안겨 준 데 대한 죄책감 때문이었고, 아버지와의 동거는 위치도 구조도 마음에 쏙 드는 임대 아파트에 입주하기 위한 선택이었다. 한마디로 엄마의 간병은 내 맘 편해지자고 한 일이었고 아버지와의 동거는 내 몸 편해지자고 한 일이었달까. 아버지는 평생 데면데면했던 막내딸과의 동거가 어떤 의미인지 정확히 간파한 듯 가능하면 반지영과 마주치지 않도록 일상의 동선을 계획했다. 아버지는 새벽에 일어나 간단히 아침 식사를 하고 설거지까지 마친 다음 동네에서 가까운 공원에 가 아침 운동을 한 후 무료 지하철을 타고 구에서 가장 큰 공공도서관으로 가 오전 시간을 보냈다. 도서관 구내식당에서 저렴한 점심을 사 먹고 오후에는 노인복지회관에 가 무료에 가까운 강의를 여럿 들었다. 아버지가 저녁을 먹으러 집에 돌아올 시간이면 반지영은 이미 집에서 몇 블록 떨어져 있는 아파트 상가의 학원에 출근한 뒤였다. 오후에 초등학생반을 가르치고 저녁과 밤에 중고등학생반을 차례로 가르치고 나면 밤 10시가 넘었다. 학원장이자 대학 선배인 윤경과 근처 상점가에서 맥주를 곁들인 늦은 저녁을 먹고 집에 돌아왔을 때는 아버지 방은 물론 거실까지 불이 모두 꺼져 있어 빈집 같은 기분이 들었다. 반지영이 자정 무렵 집에 도착해 씻고 침대에서 노트북으로 수업 자료를 살펴보다가 넷플릭스 드라마 한 편을 보고 새벽 4시가 넘어 잠들면 한두 시간 후 아버지가 일어나 하루를 시작했다. 이렇게 두 사람은 서로 마주칠 일 없이 한 공간을 나눠 사용했다. 식재료 쇼핑도 식사 준비도 각자 알아서 했고, 빨래도 따로 했으며, 방은 각자 청소하고 거실과 베란다는 아버지가, 화장실과 부엌은 반지영이 청소하는 식으로 자연스럽게 분담이 이루어졌다. 전할 말이 생기면 아버지는 식탁에 메모를 남겼고 반지영은 휴대폰으로 문자메시지를 보냈다. 어릴 때부터 아버지의 부재에 익숙했던 반지영은 서로가 그림자처럼 살아가는 이 방식이 퍽 마음에 들었다. 아버지는 대기업 계열사지만 규모가 그리 크지는 않은 어느 식품 회사 안주인이 저택의 안살림을 도맡게 되었을 때 전담 운전기사로 일을 시작했고, 그 사모가 여든둘에 췌장암으로 세상을 떠났을 때 60대 후반의 나이로 은퇴했다. 평소 아버지에게 후했던 사모는 자식들에게 '우리' 반 기사 섭섭지 않게 보내라는 유언을 남겼다지만 그 자식들은 경영권을 둘러싼 싸움에 바빠 아버지를 섭섭지 않게 보낼 마음의 여유가 없었다.

알량한 퇴직금과 함께 평생직장을 그만두어야 했는데도 아버지는 전혀 섭섭해하지 않았다. 오히려 사모의 영정 앞에 무너져 큰 소리로 통곡한 다음 오일장 내내 장례식의 허드렛일을 도맡아 처리했다. 아버지는 원래 그런 사람이었다. 자신을 알아봐 준 사람을 주인으로 모시고 개처럼 충성하는 일에 삶의 모든 것을 바쳤다. 아버지는 사모의 운전기사였을 뿐만 아니라 자발적인 마당쇠였다. 집사도 가정부도 아니고 마당쇠라니 너무 야박한 표현이 아니냐고 하겠지만 아버지가 사모의 집에서 자처한 일들은 전부 자잘하고 열심히 해 봐야 표시도 안 나는 일들뿐이었다. 아버지가 사모의 집 김장 날 새벽부터 출근해 엄마가 밤새 다려 놓은 와이셔츠 소매를 걷어붙이고 절인 배추를 나르며 와이셔츠에 함부로 얼룩을 묻히고 있을 때 엄마는 어린 세 딸을 건사하며 혼자서 김장을 해야 했다. 막내딸 반지영이 수두를 심하게 앓으며 밤새 고열로 끙끙거릴 때 아버지는 갑자기 바다가 보고 싶어진 사모를 위해 가까운 서해로 한밤의 고속도로를 달리고 있었다. 반지영은 좁은 시멘트 마당에서 배추에 붉은 양념을 치대며 마치 노동요를 부르듯 박자 맞춰 뇌까리던 엄마의 말들을 전부 기억했다. 나한테! 잘못한 인간은! 반드시! 죄로 갈 것이다! 나를! 외롭게 한 사람은! 반드시! 고독해 죽을 것이다! 그러나 엄마의 깊은 저주와 달리 아버지는 엄마보다 건강했고 오래 살았다. 딱히 외로워하는 것 같지도 않았다. 엄마가 호스피스 병동에서 까맣게 말라붙은 모습으로 마지막 숨을 몰아쉬었을 때도 아버지는 사모의 영정 앞에서 목 놓아 울부짖을 때만큼 슬퍼하지 않았다. 아버지는 충성하는 사람이지 사랑하는 사람은 아니었으니까.

부끄럽지도 않습니까?

부녀회장의 방송이 끝났다. 절박한 호소와 단죄의 말투와는 어울리지 않는 경쾌한 방송 종료음이 딩동댕동 이어졌다. 부끄럽지 않다고 반지영은 또 생각했다. 반지영이 부끄러워하는 일은 따로 있었다.

수호는 장례식도 치르지 못했다. 수호는 어머니가 원한 대로 의대에 진학했다. 그 소식은 교직을 떠나 학원 강사와 과외로 살고 있는 반지영에게 수호가 직접 전해 주었다. 수호는 수줍음이 많고 내향적인 사람답게 언제나 메일로만 연락했다. 반지영은 수호의 음성이 어땠는지 기억나지 않을 정도로 그 애와 얼굴을 마주하고 오래 대화를 나눠 본 적이 없었다. 그랬던 애가, 심지어 헤어지기 직전 상황도 껄끄러웠던 애가 대학에 간 후 먼저 반지영에게 연락을 해 왔다. 메일 내용은 평범한 안부였다. 가끔은 손 편지를 동봉한 소포를 보내기도 했다. 수호가 보내 준 에릭 사티나 라흐마니노프 음반을 들으며 획이 둥글게 휘어지는 정갈한 수호의 글씨를 들여다보고 있으면 자신이 태만으로 망가뜨린 것은 수호의 장래가 아니라 반지영 자신의 현재가 아닐까 하는 불길한 마음이 들기도 했다. 평범한 안부로 시작한 수호의 메일은 시간이 흐르면서 점점 내밀해졌다.

어떻게 생각하면 저는 오히려 선생님 때문에 의대에 오게 되었어요.

수호는 '덕분에' 대신 '때문에'라는 단어를 골랐고 의대에 올 수 있었다는 표현 대신 의대에 오게 되었다고 썼다. 그건 감사보다는 원망에 가까운 문장이었다. 반지영은 눈망울이 유난히 큼직하고 속눈썹이 길어 슬픈 초식동물을 연상시키는 고등학생 시절 수호의 모습을 떠올리며 의사라는 직업이 과연 수호에게 어울릴까 의문했다.

그래도 본과에 올라가기 전 이런저런 교양 과목을 골라 들을 수 있어 좋아요. 시집을 읽고 그림을 보고 학교 뒷산 나무 사이를 걸을 때 비로소 숨을 쉴 수 있어요.

메일과 편지가 거듭될수록 반지영은 수호가 왜 별로 친하지도 않았던 자신에게 마음을 털어놓는지 의문이 일었지만 물어볼 엄두는 나지 않았다. 그랬다간 반지영이 감당할 수 없는 대답이 돌아올 것만 같았다. 수호의 편지는 점점 더 솔직해졌다.

그 아이는 제 시선을 애써 모른 척하지만 저는 그 애의 귓불이 벌써 분홍빛으로 물드는 것을 알아채고 미묘하게 달라졌을 그 온도까지 짐작하고 말아요. 선생님, 말해 주세요. 사람이 사람에게 내달리는 마음은 어떤 고삐로도 붙들 수 없고, 숭고하다거나 흉하다거나 하는 말로 잴 수도 없는 거라고요. 지금 제 눈앞은 마음속으로 이미 몇 번이나 어루만졌던 그 애의 목덜미에 얼굴을 묻고 밤새 흐느끼고 싶은 어둠입니다. 암흑은 이토록 포근하군요.

  본과에 올라가기 직전 겨울에 수호는 죽었다. 문자메시지로 부고를 전해 준 사람은 수호의 대학 동기라고 자신을 소개했다. 장례식은 따로 없고 장지도 없지만 얼마 되지 않는 수호의 휴대전화 연락처를 보고 부고를 전한다고 그 사람은 설명했다. 전화기를 열어 볼 수 있을 만큼 수호와 친했던 것으로 보이는 그 사람에게 직접 자세한 이야기를 듣고 싶었다. 반지영이 통화 버튼을 눌렀을 때 그 사람은 망설인 기색이 역력하게 한참 후에야 전화를 받았다. 전화기 너머에서 예상 밖의 굵은 저음이 들려왔다. 남자는 차분한 목소리로 수호의 마지막을 정리해 들려주었다. 반지영은 순식간에 온몸의 물기가 싹 빠져나간 것 같은 마음으로 남자의 말을 들었다. 통화를 마무리하면서 수호가 반지영 앞으로 남긴 물건들이 있으니 곧 보내 주겠다고 남자가 말했을 때 반지영은 으억 하고 이상하게 억눌린 소리를 냈다. 며칠 후 도착한 소포에는 심상하게 안부를 전하는 수호의 손 편지와 브로콜리 너마저와 쳇 베이커의 재즈 음반, 필름 카메라로 찍은 듯한 사진 한 장이 들어 있었다. 편지에는 얼마 전 혼자 제주도에 다녀왔다고 쓰여 있었고 사진은 바다와 등대를 담고 있었다. 등대로 가는 좁은 길이 바다 쪽으로 뻗어 있고 길 한가운데에 자전거 한 대가 서 있었다. 사진에 살아 움직이는 피사체는 보이지 않았다. 흔한 갈매기 한 마리도 찍혀 있지 않았다. 그저 파도가 잔잔한 바다, 붉은 등대, 회색 시멘트 길, 그리고 흰색 프레임의 자전거가 전부였다. 자전거는 이제 막 사람이 내린 듯 앞바퀴가 왼쪽으로 꺾인 상태로 서 있었고 핸들 사이에 달린 바구니는 비어 있었다. 반지영은 수호의 편지를 다시 읽었다. 어떤 예감도 담기지 않았다고 생각한 편지를 다시 읽는데 반지영의 손이 덜덜 떨렸다.

선생님, 저는 한때 인어 공주였던 물거품이 되고 싶었어요. 한때 물거품이었던 무색무취의 공기가 되고 싶었어요. 깨끗하게 휘발하고 싶었어요. 그러나 지금 저는 고약한 냄새를 풍기는 백지가 되어 누구라도 이야기를 채워 주길 기다립니다. 제가 풍기는 이 빈 냄새를 참을 수가 없어요.

반지영은 알아 버렸다. 수호가 찍은 것은 풍경이 아니라 자신의 부재였다. 깨끗한 휘발이었다. 어쩌자고 수호는 반지영에게 자신의 부재를 목도하게 했을까? 오래 기다려 온 복수였을까? 철저히 외로웠던 사람의 구조 신호였을까? 사진 위로 묵직한 물방울이 후드득 떨어지는 것을 보고서야 반지영은 자신이 울고 있음을 깨달았다. 그때 느낀 부끄러움이 얼굴에, 손바닥에, 눈동자에 쩍 들러붙어 반지영은 그 밖에 다른 일은 전혀 부끄럽지 않은 사람이 되었다.

∞

오리온이 당겼던 활을 내려놓았어.
남쪽 하늘에서 오리온을 노리던 전갈이 지상으로 돌아갔어.
하늘에 빈자리가 생겼어.
걱정하지 마.
하늘로 돌아가고 싶은 영혼은 많으니까.
돌아가는 걸까? 떠나는 걸까?

할머니는 가끔 슈퍼마켓 심부름을 시켰어.
황도 통조림 사 오너라. 백도 통조림 사 오너라.
통조림 뚜껑을 딸 때 할머니 표정은 신중했어.
할머니는 볼록한 반구 모양 황도를 유리그릇에 담아 주었어.

통조림 하나를 딸 때마다 딱 한 조각의 반구가 내게 주어졌지.
며칠 후 할머니 가게 창틀에는 통조림 화분이 생겨났어.
먹음직스러운 복숭아 그림 위로 연한 녹색 새잎이 돋아났고.
세계는 할머니 손을 거쳐 왕성하게 번식했어.

인어 공주는 물거품이 되었지만 사라지지는 않았어.
에너지 총량의 법칙은 모든 세계에 적용되니까.
물거품은 무색무취의 공기가 되었다가 위로 올라가 별이 되었어.
오리온의 활이 내려간 자리에.
혹은 전갈이 물러간 자리로.
별은 별자리의 한 점.
별자리는 이야기의 윤곽.
그러니까 별은 이야기의 원소. 사라진 한 단어. 잃어버린 한마디.
인어 공주는 백지 같은 밤하늘에서 제자리를 찾았겠네.
조금 다른 이야기가 되었겠네. 그랬으면 좋겠네.

밤하늘은 백지. 검은 백지.
너는 나의 이야기를 쓰고

나는 너의 이야기를 뱉어 낸다.
밤하늘은 적막. 요란한 적막.

모든 슬픔은 말로 옮겨 이야기로 만들거나
그에 관해 이야기하면 견딜 수 있다.
— 이자크 디네센

   또 사람을 죽이는 꿈을 꾸었다. 이쯤 되면 악몽이 시작되어도 꿈인 걸 자각하고 제 감정을 보호해야 할 텐데 사람을 죽이는 꿈은 너무 현실적이어서 범죄를 들킬지 모른다는 공포와 누군가의 소중한 것을 돌이킬 수 없이 짓밟고 말았다는 죄책감이 진득하게 뭉쳐서 자면서도 절박하게 발버둥을 칠 만큼 숨통을 조여 왔다. 악몽에서 놓여나자마자 꿈이었다는 안도감을 느낄 새도 없이 태지혜는 꿈속의 고통을 고스란히 느끼며 숨죽여 흐느꼈다. 혼자 사는 집, 혼자 자는 침대인데도 흐느낌을 억누르는 게 버릇이 되었다. 아니, 어쩌면 혼자라서 더 억눌렀다. 제 몸에서 새어 나오는 고통의 소리를 들어 줄 사람이 오직 자신뿐일 때 그 소리는 둔중한 무기가 되어 너덜너덜해진 태지혜의 마음을 더 아프게 후려쳤다.

이번에도 사람을 죽이는 장면은 나오지 않았다. 악몽은 언제나 사람을 죽였다는 전제로부터 시작했다. 누군가를 죽여 시체를 유기했고, 경찰이나 죽은 자의 지인이 태지혜를 찾아왔다. 태지혜가 죽인 사람은 현실에서 전혀 모르는 사람일 때도 있었고 가까운 지인일 때도 있었으며 개인적으로는 모르지만 유명인일 때도 있었다. 시체를 유기하는 장소는 그때마다 달라졌는데 주로 우물이나 재래식 화장실이었다. 화장실보다는 변소라고 해야 더 어울릴 법한 재래식 화장실에 시체를 유기한 꿈을 꾼 날은 하루 종일 기분이 나빴다. 찾아온 경찰과 태연하게 대화를 나누면서도 속으로는 인간의 배설물 속에 버려진 시체가 완전히 분해되려면 시간이 얼마나 걸릴까 계산하느라 속이 시끄러웠다. 그런 꿈을 꾸고 나면 아무리 꿈이라지만 자신이 그런 상상을 할 만큼 잔인하고 역한 사람이었나 자괴감에 시달렸다.

죽이는 꿈을 처음 꾼 건 20대 중반이었다. 안국동 주택가 반지하에 살면서 종로 한복판에 있는 신문사의 수습기자로 일하던 로라의 집에서 하룻밤 신세를 지게 되었을 때였다. 늦여름의 반지하여서인지 방 안의 습도가 꽤 높았다. 태지혜가 막 씻고 나왔는데 출입문 바로 아래에 큼직한 귀뚜라미 두 마리가 기어갔다. 벌레를 끔찍이 무서워하는 로라가 비명을 지르기 시작했다. 로라는 눈물까지 그렁그렁 매달고 태지혜의 등에 바짝 붙어 계속 비명을 질러 댔다. 태지혜는 벌레를 별로 무서워하지 않았고 귀뚜라미나 메뚜기 같은 종류는 오히려 귀여워하는 편이었다. 하지만 로라가 너무 질겁하는 바람에 방구석에 있던 신문지를 돌돌 말아 귀뚜라미 두 마리를 한꺼번에 죽이고 곧바로 변기 물에 내려 버렸다. 그날 밤 태지혜는 곱게 늙은 노부부를 죽여 우물에 유기하는 꿈을 꾸었다. 이때도 노부부를 죽이고 우물에 던지는 장면은 재현되지 않았다. 오직 사람을 죽인 사실을 들킬까 전전긍긍할 뿐이었다. 경찰이 반복해서 찾아오고 수사망을 좁혀 왔다. 태지혜는 태연한 표정으로 노부부의 행방을 모르겠다고 잡아떼면서도 경찰이 뭔가를 눈치채지 않았는지 눈빛과 목울대의 움직임, 입술의 긴장도 따위를 집중해서 살폈다. 꿈의 연출가는 태지혜 자신이었으므로 카메라 워크는 맘대로 조절할 수 있었지만 정작 줄거리에는 조금도 손을 대지 못했다. 꿈의 주인인 태지혜는 꿈의 서사에 목덜미를 붙들린 채 불안과 죄책감의 구덩이로 하릴없이 끌려 들어갈 뿐이었다.

노부부를 죽이는 것으로 시작했던 악몽의 원형은 유명 배우를 죽였다가 대학 시절 선배를 죽였다가 하는 식으로 변해 갔다. 시체를 버리는 장소도 맑은 우물에서 고약한 냄새를 풍기는 하수구, 재래식 변소까지 달라졌다. 성우와 결혼한 후에도 악몽은 반복되었다. 발버둥을 치다가 간혹 비명을 지르며 꿈에서 깨어나면 곁에 성우가 있었다. 성우는 잠에서 완전히 헤어 나오지 못한 채 흐느끼는 태지혜를 꼭 끌어안고 등을 쓸어 주며 꿈이니까 괜찮다고, 둘이니까 안전하다고 말해 주었다. 꿈이니까 괜찮고, 둘이니까 안전하다. 그 말은 한동안 태지혜의 만트라가 되어 주었다. 꿈은 나를 해칠 수 없다. 둘이면 안전하다. 그러나 어떤 날은 만트라도 전혀 효력이 없어서 태지혜는 다시 잠들어 고른 숨을 내쉬는 성우 곁에서 눈을 부릅뜨고 홀로 밤을 건너갔다.

처음 이 악몽에 관해 털어놓았을 때 성우는 분명 웃었다. 우리 지혜 착하네 했던가. 네가 그렇게 착하다고? 했던가. 성우는 악몽의 근원이 로라의 집에서 귀뚜라미를 죽였을 때 발생한 죄책감 때문이라고 믿었다.

네가 죽인 게 바퀴벌레였다면 죄책감이 아니라 정의감을 느꼈을 텐데. 그랬다면 네 꿈은 범죄물이 아니라 슈퍼맨이나 원더우먼이 되는 히어로물이었을걸.

성우는 장담했다. 결혼 후 두 번의 유산을 겪고 성우가 원한 이혼까지 했을 때 1년 정도 찾아간 상담사는 태지혜의 악몽을 유산 경험과 연결 지어 설명하려 들었다. 처음 노부부를 죽여 우물에 유기한 꿈은 귀뚜라미를 죽여 변기에 버린 경험과 연관이 있겠으나, 이후 죽이는 사람도 달라지고 시체 유기 장소도 점점 더럽고 추악한 곳으로 변해 간 것은 아무래도 유산을 상징하는 게 아니겠냐고.

유산에 대해 죄책감을 느낀다고요? 억울함이 아니라요?

태지혜가 따지듯 묻자 상담사는 잠시 주춤했지만 곧 자세를 가다듬고 태지혜를 똑바로 쳐다보았다.

여자는 유산이나 낙태만 아니라 출산 후에도 죄책감을 느끼는걸요?

그날 이후 태지혜는 상담을 중단했다. 상담사의 등 뒤 창틀에 주르르 늘어놓은 여러 오브제 사이에서 복숭아처럼 탐스러운 아이 볼에 제 뺨을 바짝 붙이고 활짝 웃는 상담사의 행복한 사진을 봐 버렸기 때문이었다. 여자는 출산 후에도 죄책감을 느낀다면서 저토록 행복한 얼굴로 제 아이를 향한 애정을 전시하는 사람과는 더 이상 대화하고 싶지 않았다. 그날 이후 태지혜는 상담사를 죽여 유기하는 꿈을 꾸었다. 실종자를 찾아 수사를 나온 경찰도 상담사의 이목구비를 하고 태지혜를 심문했다.

우주는 볼이 복숭아보다 훨씬 더 탐스러웠다. 태지혜가 처음 본 건 세 살의 우주였다. 늘 발그레한 뺨이 여간 귀여운 게 아니어서 예비 시가 사람들을 만나는 어려운 자리인데도 우주의 뺨을 한번 만져 보고 싶어 호시탐탐 기회를 노릴 정도였다. 우주는 성우의 누나인 성희의 아이였다. 태지혜가 결혼을 앞두고 성우의 집에 들락거릴 때 우주는 직장에 다니는 성희 대신 외할머니인 성우 어머니가 돌보고 있었다. 당시 성우의 집에는 언제나 뽀얀 냄새가 풍겼다. 지금 생각하면 아이 옷에서 풍기는 섬유 유연제 냄새나 간식으로 데워 주는 따뜻한 우유 냄새였을 텐데 어린아이를 키우는 집 특유의 분위기와 우주의 토실토실한 볼이 만나 존재하지도 않는 뽀얀 냄새로 각인되었던 것 같다. 그러나 우주는 낯가림이 심하고 예민한 아이라 친해지고 싶어 하는 태지혜를 조용히 밀어냈다. 고작 세 살짜리가 속눈썹이 긴 눈을 착 내리깔고 더 이상 다가오지 말라는 신호를 분명하게 보냈다. 태지혜는 말도 제대로 못 하는 아기에게 상처받는 자신이 놀라웠고, 그럼에도 여전히 아이를 욕망하는 자신이 징그러웠다. 태지혜의 결혼식에서 화동을 맡은 우주가 꽃잎이 가득한 바구니에 반지를 담아 들고 신랑 신부를 향해 출발했다가 하객들의 환호와 박수가 터지자 놀라서 바구니를 내던지고 곧장 제 엄마 품에 뛰어들어 울음을 터뜨렸다. 사람들은 그런 아이를 귀여워하며 더 큰 소리로 웃고 손뼉을 쳤지만 태지혜는 홀로 노여웠다. 우주가 화동 노릇을 제대로 하지 못해서가 아니었다. 자신을 향해 출발한 아이가 몇 걸음도 떼지 않고 제 엄마 품으로 돌아가 버렸기 때문이었다. 두 번의 유산과 이혼이라는 미래가 기다리고 있는지 꿈에도 몰랐을 때인데 결혼식 날 태지혜는 우주가 아니라 우주를 낳고 행복해했을 성희가 미웠다.

몇 년이 흘러 태지혜가 두 번째 유산을 하고 누워 있을 때 소식을 들은 성우 어머니가 집으로 찾아왔다. 시어머니는 불룩한 장바구니를 들고 와 태지혜의 부엌에서 미역국을 끓이고 밥을 지었다. 입덧 때처럼 부엌에서 풍겨 오는 국간장 냄새가 역해 헛구역질이 나왔다. 성우 어머니가 살짝 열려 있던 침실 문을 닫아 주었다. 거실에서 성우와 성우 어머니가 나누는 대화 소리가 또렷이 들려왔다. 두 사람은 태지혜가 그새 잠들었다고 생각했는지, 처음부터 들어도 별 상관 없다고 생각했는지 소곤거리지도 않고 말했다.

누군 애가 너무 안 들어서서 문제고 누군 너무 자주 들어서서 문제니 내가 평생 미역국만 끓여 대다 죽겠구나.

시어머니는 아무렇지 않게 성희의 낙태 이야기를 성우에게 전하고 있었다. 성희는 우주 다음으로 네 살 터울의 둘째를 낳았고, 그 아이 역시 성우 어머니가 키웠다. 태지혜는 난임 시술을 받고 어렵게 임신했다가 생각지도 않은 시기에 유산하는 고통을 두 차례나 겪는 동안 성우의 본가에 갈 때마다 우주와 우주 동생이 풍기는 뽀얀 냄새를 견뎌야 했다. 악의는 없다지만 말조심할 줄 모르는 성우 어머니는 당신이 하는 이야기가 어떤 사람에게 어떻게 날아갈지 별로 신경 쓰지 않고 하고 싶은 말을 다 하는 사람이었다. 언젠가는, 아마도 태지혜가 첫 번째 유산을 하고 난 다음이었는데 성우와 성희, 성희 남편이 다 있는 데서 재미있는 이야기를 들었다며 목소리를 높였다.

딸 낳고 아들 낳으면 금메달, 아들 낳고 딸 낳으면 은메달, 딸 낳고 딸 낳으면 동메달이래. 너희 큰어머니처럼 아들만 둘이면 뭔지 아니? 세상에, 목메달이란다, 목메달!

그러고 시어머니는 까르르 웃었다. 아마도 오래전 아들을 내리 둘 낳고 시가에 갈 때마다 유세를 떨었다는 손위 동서를 염두에 두고 한 말일 터였다. 이제라도 첫딸을 낳고 둘째 아들을 낳은 자신과 성희가 얼마나 운이 좋은 여자들인지 자랑하고 싶은 마음이 너무 앞서서 몇 년째 난임으로 고생 중인 며느리는 눈앞에서 지워 버린 모양이었다. 눈치 빠른 성희가 급히 화제를 돌렸지만 태지혜는 이미 시어머니의 말에 깊이 찔린 다음이었다. 그랬던 시어머니가 이제는 두 번째 유산을 하고 누워 있는 며느리의 침실 밖에서 딸이 자꾸만 원치 않는 임신을 해서 골치가 아프다는 말을 전하고 있었다. 시어머니는 딸이 임신 중단 수술을 받고 오면 완도산 고급 미역으로 미역국을 끓였다. 며느리가 유산해도 같은 미역으로 미역국을 끓여 주었다. 태지혜는 침대에 누워 시어머니의 안방 바닥에 앉아 조용히 미역국을 떠먹는 피로한 성희의 모습을 상상했다. 커리어가 세상에서 가장 중요해 늘 바쁘고 늘 곤두서 있는 성희가 제 몸에 달라붙은 어떤 것을 긁어내고 딱 하룻밤 제 엄마의 방에서 조용히 쉬어 가는 모습을. 성희와 자신 중 누가 더 고통스러운가 따지고 싶지는 않았다. 태지혜는 더 이상 우주를 욕망하지도 않았다. 그저 피로했다. 다 관두고 땅 밑으로 꺼지고만 싶었다. 어느 정도 몸을 추스르고 세 번째 임신을 준비할 것인가, 다른 길을 찾을 것인가 고민 중일 때 오랜만에 사람을 죽이는 악몽을 꾸었다. 잠결에 흐느껴 우는 태지혜를 성우는 더 이상 끌어안고 달래 주지 않았다. 꿈결에도 성우가 조용히 제 베개를 들고 거실로 나가는 게 느껴졌다. 세 번째 임신 시도 외에 다른 길에는 우선 입양이 있었고, 또 깨끗한 포기가 있었다. 성우와의 이별은 태지혜의 선택지에 없었다.

그 무렵 찾아온 명절에 시가에 갔을 때 시어머니는 당직인 성희 부부가 맡기고 간 두 아이를 돌보랴, 명절 음식을 장만하랴 정신이 없었다. 하지만 태지혜에게 명절 노동을 요구하지 않고, 부엌일은 당신이 할 테니 성우와 태지혜는 거실에서 우주 남매와 놀고 있으라고 했다. 태지혜는 우주 남매와 놀고 싶지 않아 자리에서 일어나 시어머니의 여벌 앞치마를 찾아 둘렀다. 성우가 두 아이를 데리고 텔레비전을 보여 주다가 레고를 가지고 놀다가 했다. 그때 우주는 이미 열 살이 넘었기 때문에 어른들이 피우는 묘한 분위기를 예민하게 간파했고 그에 맞게 처신할 줄도 알았다. 시끄럽게 떠들고 소란을 피우는 건 아직 어린 동생과 성우였다. 태지혜는 성우가 우주 동생과 진짜 부자 사이처럼 노는 모습을 보지 않으려고 애쓰며 가스레인지 앞에서 전을 부치고 싱크대에서 설거지를 했다. 시어머니는 거실에서 요란한 소리가 들릴 때마다 흐뭇한 미소를 지으며 그쪽을 보았다가 곧 태지혜를 의식하고 표정을 굳히길 반복했다. 성우와 우주 동생이 만들어 내는 요란한 앙상블 소리를 들으며 태지혜는 입양이라는 선택지를 오래 곱씹었다. 아이를 저토록 좋아하고 아이와 진심으로 신나게 놀 줄 아는 성우를 위해서라면 입양도 좋은 선택이 될 수 있겠다고 기름 냄새를 맡으며 계속 생각했다. 사내아이가 좋겠지? 성우와 함께 목욕탕도 가고 공원에서 공을 차며 놀 수 있을 테니까. 그때 시어머니가 태지혜의 마음을 다 읽은 것처럼 뜬금없이 이야기를 시작했다.

옛날에 어떤 과부가 아들 하나를 데리고 역시 아들 하나 있는 홀아비와 재혼했대. 아들이 둘이 된 셈이지. 사람들은 여자가 친아들과 의붓아들을 차별할 거라고 수군거렸단다. 그런데 이 여자가 의붓아들에게는 쌀밥을 주고 비단옷을 입히면서 친아들은 감자나 몇 알 주고 누더기만 입히더래. 참 이상하지. 잘 먹고 잘 입는 의붓아들은 하루가 다르게 시들고, 잘 먹지도 입지도 못하는 친아들은 갈수록 살이 오르고 얼굴에서 빛이 나더란다. 사람들은 거 보라고, 여자가 남들 안 보는 곳에서 의붓아들을 학대하고 친아들에게만 몰래 맛난 것을 먹이는 모양이라고 남편에게 일러바쳤어. 남편도 나날이 행색이 달라지는 두 아이를 보면서 아내를 의심하기 시작했지. 밤이나 낮이나 눈을 떼지 않고 여자를 감시했단다. 하루는 식구들이 다 잠든 밤에 혹시 여자가 무슨 해괴한 짓을 벌이나 싶어 남편이 뜬눈으로 밤을 새웠대. 그런데 아무리 기다려도 여자는 그저 곤히 잘 뿐이야. 기다리고 기다리던 남편이 새벽이 다 되어 까무룩 잠이 들려는데, 아이고, 이게 무슨 일이라니? 잠든 아내의 몸에서 뭔가 허옇고 뿌연 것이 스르르 일어나지 않겠어? 아내와 똑 닮았지만 반투명한 걸 보면 아마 혼백이겠지. 이 혼백이 둥둥 떠서 방 안에서 가장 춥고 구석진 자리에 웅크리고 잠든 친아들에게 가더니 꼭 안아 주더란다. 남편이 몰래 지켜보는 가운데 여자의 혼백은 첫닭이 울 때까지 그렇게 아들을 꼭 끌어안고 빛인지 자양분인지 모를 무언가를 조용히 전해 주더래. 그걸 먹어 친아들은 평소에 못 먹고 못 입어도 늘 얼굴에 빛이 나고 살이 올랐던 거라. 핏줄로 연결된 친자식은 아무리 외면하려고 해도 잠결이나마 꿈결이나마 애틋한 마음으로 품게 되는 게 인지상정이라는 말이겠지.

  시어머니는 이야기를 마치고 거실 쪽을 흘낏 돌아보았다. 성우는 이제 우주 동생과 팔씨름을 한다고 한바탕 시끄러웠다. 태지혜는 이를 악물었다. 조용해서 텔레비전에 푹 빠져 있는 줄 알았던 우주가 부엌 쪽을 똑바로 쳐다보고 있었다. 우주와 눈이 마주치고 태지혜는 입양이라는 선택지를 깨끗이 지워 버렸다. 시어머니의 이야기가 영향을 끼친 것은 아니었다. 핏줄 따위에 연연한 사람은 시어머니나 성우보다 오히려 자신이었으니까. 그런 자신이 징그럽다는 사실을 말갛게 부엌을 바라보는 우주의 눈을 보고 깨달았다. 그 명절을 보내고 집으로 돌아온 태지혜는 성우에게 세 번째 임신도 입양도 깨끗이 포기하겠다고 말했다. 성우는 그저 고개를 끄덕일 뿐 생각을 말하지 않았다. 태지혜는 그런 성우의 태도를 배려로 해석했다. 난임과 유산으로 마음고생 몸고생 한 사람은 태지혜였으니까 당사자의 결정을 존중한 거라고. 그렇게 또 한 계절이 지나고 어느 날 성우가 술에 잔뜩 취해 돌아와 태지혜 앞에 무릎을 꿇었다. 모든 걸 바쳐도 좋을 만큼 사랑하는 사람이 생겼으니 이제 그만 놓아 달라고. 그날 태지혜는 자신의 빈 손바닥을 쫙 펴서 들여다보며 이 손이 성우를 붙들고 있었나 멍하니 생각했다.

우주는 성희와는 다른 모습으로 자라 있었다. 외탁보다 친탁한 모양이었다. 이목구비는 성희와 성우를 닮아 오밀조밀했지만 큰 키와 마른 몸은 아빠 쪽을 닮은 듯했다. 성우와 헤어진 지도 7년이 넘었다. 그사이 우주는 길에서 마주쳐도 전혀 몰라볼 만큼 다른 인간이 되었다. 우주가 먼저 만나자고 연락했다. 낯선 번호로 온 문자메시지가 자신이 우주라고 밝혔을 때 태지혜는 언뜻 그 우주와 이 우주를 한 사람으로 엮어 생각하지 못했다. 그나저나 우주는 어떻게 태지혜의 연락처를 알았을까? 성우에게 물었을까? 성희에게 물어봤을까? 설마 할머니에게? 이런저런 복잡한 생각으로 머릿속이 어지러울 때 쨍그랑 소리와 함께 문이 열렸다. 태지혜는 카페 안으로 들어와 잠시 주위를 둘러보는 키 큰 여자애를 보고 우주를 단박에 알아보았다. 얼굴도 몸도 많이 달라졌지만 어린 우주 특유의 분위기가 청소년 우주에게도 고스란히 남아 있었다. 달라졌으나 여전한 우주를 보자마자 태지혜의 가슴이 덜컥 내려앉았다. 우주가 태지혜를 발견하고 달 위를 걷는 사람처럼 걸어와 인사를 건넸다.

안녕하세요, 숙모.

외숙모도 아니고 숙모님도 아니고 그저 숙모라는 반듯한 호칭이 이상한 거리감을 주었다. 그날 우주는 숙모라는 호칭을 고집하면서도 가족이라는 울타리와 전혀 상관없는 곳에서 낯선 타인을 만나는 것처럼 긴장과 예의를 유지했다. 어쩌면 자기도 모르게 성우와 새 외숙모 이야기를 해 버려 태지혜에게 상처를 줄까 걱정하는 것도 같았다. 우주는 어릴 때부터 어른들보다 더 사리 판단이 정확한 조숙함이 있었다. 그래서 태지혜가 먼저 성희와 성우, 성우 어머니의 안부를 물었다. 우주는 조금 편안해진 얼굴로 새 외숙모를 제외한 다른 가족의 안부를 들려주었다. 태지혜는 우주의 새 외숙모가 어떤 사람인지, 두 사람 사이에 아이는 있는지 궁금했지만 아이에게 물어볼 말은 아닌 듯해 참았다. 간단한 안부를 주고받자 태지혜는 우주가 7년 만에 이제는 남이 된 자신을 찾아온 이유가 너무나 궁금해졌다. 태지혜는 어른스럽고 차분한 우주의 표정을 살피며 그 이유를 짐작해 보았다. 혹시 용돈이 필요한가? 그렇지는 않을 것이다. 우주는 친가와 외가 양쪽에서 첫 손주였기 때문에 예쁨도 많이 받고 그만큼 용돈도 후하게 받았다. 혹시 진로 상담이 필요했나? 성희는 자기 커리어가 가장 중요하다고 제 입으로 말하고 다닐 만큼 직장 일에 바빴고 아이들의 육아와 교육은 전부 친정 엄마에게 맡겼다. 그런데 우주가 고3이 되자 입시와 진로에 적극 개입하기라도 한 건가? 그래서 갈등이 빚어졌고 우주는 집안 어른들과 말이 통하지 않아 별로 친하지도 않았던 전 외숙모를 찾아왔나? 이쪽도 별로 개연성이 없다는 생각이 들어 태지혜는 커피를 마시며 자기도 모르게 고개를 살짝 흔들었다. 그 동작을 어떤 신호로 보았는지 입을 다물고 있던 우주가 고개를 들고 불쑥 말했다.

숙모, 저 임신했어요.

세 살 우주가 태지혜에게 상처를 주고 열한 살 우주가 어떤 결심을 하게 했다면 열여덟 살 우주는 태지혜를 찢어발겼다. 태지혜는 테이블 위에서 파르르 떨고 있는 제 손을 물끄러미 내려다보았다. 대체 왜? 머릿속에 의문이 겹겹이 떠올랐다. 대체 네가 왜? (내가 아니고) 대체 네가 왜? (나에게 이런 말을?) 이 아이는 왜 나를 찾아왔을까? 왜 나를 이토록 후벼파는가? 태지혜는 우주의 뺨을 후려치고 싶은 마음을 지그시 눌렀다. 여전히 떨고 있는 오른손을 왼손으로 가만히 덮었다. 둘 사이에 침묵이 팽팽해졌다. 그때 카페 안에 작은 소란이 일었다. 사람들이 일제히 창밖을 보고 있었다. 거기, 눈이 내렸다. 갑작스러운 눈치고는 눈송이가 제법 굵었다. 바람 없는 날의 함박눈은 흩날리지 않고 수직으로 하강했다. 태지혜는 눈의 침공이라는 단어를 떠올렸다. 눈은 모든 소란을 빨아들일 듯한 기세로 조용히, 그러나 무섭게 내렸다. 시간의 선이 틀어졌다는 생각과 함께 현기증이 찾아왔다. 태지혜의 입에서 방금 들은 충격적인 고백과 전혀 상관없는 질문이 튀어나왔다.

오늘이 며칠이지?

4월 1일이요.

4월에 눈이라니 거짓말 같구나.

오늘 만우절이에요, 숙모.

태지혜는 그 말에 폭소를 터뜨렸다. 다행이다! 속으로 이렇게 외쳤다. 히스테리컬한 웃음소리에 카페 안 사람들 몇몇이 태지혜 쪽을 쳐다보았다. 우주가 특유의 긴 속눈썹을 내리깔았다.

거짓말 아니에요.

뭐가? 4월에 내리는 눈이?

우주가 고개를 들었다. 그 눈에 원망이 가득 담겨 있었다. 처음 보는 표정이었다. 오래전 복숭아보다 탐스러웠던 우주의 뺨이 생각났다. 태지혜가 다가가면 딱 그만큼 물러나던 모습도 떠올랐다. 순간 어떤 기시감이 느껴졌다. 그때도 때아닌 눈이 내렸다. 우주가 다섯 살쯤 되었을 때 잠깐 사라진 적이 있다. 성우가 데리고 나갔다가 잠시 한눈판 사이에 사라졌다. 집에서 만두를 빚고 있던 성우 어머니와 태지혜가 성우의 연락을 받고 아이를 찾으러 나갔다. 전날 내린 폭설로 거리마다 눈이 높이 쌓여 있었다. 성우와 성우 어머니는 이 추위에 아이가 사고라도 당했나 싶어 혼이 나간 채 집 주변을 뛰어다녔다. 두 사람보다 정신이 좀 더 명료했던 태지혜가 먼저 우주를 발견했다. 성우와 성우 어머니가 동네 상점가를 뒤지는 동안 태지혜는 아파트 단지 뒤쪽의 산책로로 갔다. 거기 운동 기구가 있는 작은 공원 구석에 누가 눈덩이로 작은 이글루를 만들어 둔 게 보였다. 우주는 그 안에 잠들어 있었다. 눈구덩이는 우주가 들어가 웅크리면 꼭 맞는 크기였다. 춥지도 않은지 잠든 아이의 표정은 안온했다. 하얀 눈의 조명을 받은 뺨이 더 발그레하게 빛났다. 순간 태지혜는 이대로 우주를 달싹 안아 들고 아무도 모르는 곳으로 달아나고 싶은 기이한 충동을 억누르느라 힘껏 어금니를 사리물었다.

눈송이가 점점 굵어졌다. 만우절의 눈이 거짓말처럼 쌓여 갔다. 태지혜는 우주의 대답을 기다렸다. 오늘은 만우절이고 조금 전의 고백도 거짓말이라고 말해 주길 기다렸다. 우주가 원망이 가득한 눈을 내리깔고 말했다.

숙모는 다른 어른들과 다를 줄 알았어요.

눈은 세계를 뒤덮고 끝내 집어삼킬 기세로 무섭게, 그러나 고요히 내리고 있었다. 태지혜는 눈도 눈앞의 이 아이도 무서웠다. 무엇보다 이 아이가 불러올지 모르는 어떤 미래가 가장 무서웠다.

∞

송기주가 반복해서 꾸는 꿈은 어이없게도 엄마였다. 얼굴도 기억나지 않는 엄마가 어린 송기주의 손을 뿌리치고 어디론가 가 버렸다. 엄마는 시장에 갔다가, 회사에 갔다가, 그냥 큰길 쪽으로 갔다. 송기주는 늘 나도 데려가라고 소리치며 엄마 뒤를 쫓아 뛰다가 넘어지고 울음을 터뜨렸다. 서럽게 흐느끼다가 잠에서 깨어나면 이마에 서늘한 기운이 느껴졌다. 우리 강아지, 무서운 꿈 꿨어? 할머니는 거칠거칠한 손바닥으로 송기주의 이마를 몇 번이고 쓸어 주었다. 송기주는 할머니가 속상해할까 봐 엄마에게 버림받는 꿈을 꿨다고 말하지 못했다. 그리고 언제부턴가는 악몽의 줄거리를 지어내 할머니에게 들려주었다.

커다란 까마귀가 날아와서 내 새우깡을 봉지째 물어 갔어.

그깟 새우깡, 할미가 또 사 주면 되지.

이따만 한 검은 잉어가 수조에서 툭 튀어나오더니 꼬리로 내 뺨을 때렸어.

아가, 검은 물고기는 금전운이다. 오늘 할미 돈 많이 벌려나 보다.

방에 혼자 있는데 난로가 팡 터져서 집에 불이 났어.

아이고, 집이 불타는 꿈은 길몽 중의 길몽이란다! 할미 복권 사야겠다.

아찔하게 높은 낭떠러지에서 떨어졌어.

키 크는 꿈이네. 우리 기주 키 쑥쑥 커서 미스코리아 나가려나 보다.

송기주가 어떤 악몽을 지어내도 할머니는 모든 꿈을 길몽으로 해석했다. 송기주는 늘 그럴싸한 악몽을 지어내는 일에 골몰했고, 어떤 이야기를 들어도 할머니는 눈 하나 깜짝하지 않았다. 할머니는 고통과 불행에 내성이 생긴 걸까? 할머니가 세상을 떠나고 지철과 결혼한 뒤에는 엄마에게 버림받는 꿈을 꾸면 지철한테 솔직하게 얘기했다. 지철이 그 이야기를 듣고 할머니처럼 속상해하지 않으리라는 확신이 있어서였을 것이다. 송기주는 할머니와 자신처럼 서로를 지극히 사랑하는 바람에 진심을 숨기고 거짓말을 반복해야 하는 가족은 만들고 싶지 않았다. 가족 사이에 적당한 거리를 인정하고 서로의 범위를 침범하지 않는 산뜻한 관계를 이루고 싶었다. 산뜻한 부부 사이, 산뜻한 부모 자식 사이. 그러나 지철과 결혼하고 얼마 후 시오를 낳았을 때 송기주는 부모 자식 사이에 산뜻한 감정은 불가능하다는 사실을 곧바로 깨달았다.

시오를 낳고부터 엄마를 쫓아가다 넘어져 우는 악몽이 더 이상 찾아오지 않았다. 처음에는 신생아를 돌보느라 수면 사이클이 완전히 망가져 길몽이든 악몽이든 꿈을 꿀 여력이 없어서라고 생각했다. 그러나 악몽이 완전히 사라진 것은 아니었다. 다만 내용이 바뀌었을 뿐. 이제 악몽은 엄마가 된 송기주가 어린 시오를 버리지 못하고 끙끙대는 꿈으로 바뀌었다.

꿈은 언제나 재난으로 시작했다. 전쟁이 발발하거나 대화재가 발생하거나 지진이 났다. 재난 영화에서 본 듯한 장면이 이어지고 송기주는 당장 도망을 쳐야 하는데 늘 곁에 시오가 있었다. 이상하게도 꿈에 지철이 등장하는 때는 없었다. 혼자 시오를 안거나 업고 달려야 했다. 포탄이나 불덩이가 날아드는 와중에 아기 시오가 천근만근으로 무거워 송기주는 한 발짝도 앞으로 나아가지 못했다. 아기를 업은 등허리가 푹 꺾여 앞으로 고꾸라졌다. 아기를 안으면 너무 무거워 자꾸만 주저앉았다. 꿈속에서 송기주는 무거운 시오를 버리면 자신이 살 수 있을까 망설였다. 시오와 함께 이대로 죽을 것인가, 시오를 버리고 혼자 살아남을 것인가 자꾸 가늠했다. 꿈속이라도 그런 생각은 납추보다 무거운 죄책감을 안겨 주었다. 무거워. 너무 무거워. 송기주는 소리를 지르며 악몽에서 깨어났다.

언젠가 지철과 단둘이 아침을 먹으며 새롭게 시작된 악몽에 관해 털어놓았다. 간밤 쇳덩이보다 무거운 시오를 업고 불덩이 사이를 달리다 자꾸 넘어지는 꿈을 꾸었다고, 꿈인 줄 알면서도 가족을 구하러 오지 않은 남편이 너무 미웠다고 농담을 버무린 원망을 살짝 내비쳤다. 지철은 뜻밖에도 흡족한 미소를 지었다. 지철이 식탁 맞은편으로 손을 뻗더니 송기주의 볼을 살짝 꼬집으며 말했다.

자기, 겁 많은 게 참 마음에 들어.

그러더니 두툼한 계란말이를 하나 집어 입에 넣었다. 그 후로 송기주는 시오가 등장하는 악몽을 꾸고 깨어나면 어김없이 흡족해하던 지철의 얼굴까지 같이 떠올렸다. 겁이 많다는 건 대체 무슨 의미였을까? 아니, 그 전에 송기주가 겁이 많은 게 지철은 왜 흡족할까? 송기주는 정말로 겁이 많은가? 어떤 의문에도 속 시원한 대답을 구하지 못했지만 이제 송기주는 지철에게 자신의 악몽을 털어놓지 않았다.

I love my baby.

송기주의 중학교 영어 선생님은 문법을 독특하게 가르쳤다. 나이가 지긋한 남자 교사였는데 품사와 문장성분을 가르칠 때면 늘 이 문장을 쓰고 시작했다.

아이 러브 마이 베이비. 자, 봐라. '아이'는 주어, '러브'는 동사, '마이 베이비'는 목적어지? 주어는 주인, 즉 집안의 주인인 아빠다. 동사는 움직이는 것, 집안에서 누가 제일 바쁘게 움직이지? 그래, 엄마다. 목적어는 동사가 품어 주는 것, 바로 아들이다. 자, 순서를 잘 봐라. 주어 동사 목적어. 영어는 서양 거잖아? 서양은 아빠 엄마가 함께 자고 아들은 따로 잔다. 이제 우리 말 순서와 비교해 보자. 나는 내 아기를 사랑한다. '나는'은 주어, 아빠지? '사랑한다'는 동사, 엄마다. '내 아기를'이 목적어, 아들인데, 봐라, 아빠 엄마 사이에 있지? 한국은 원래 애들을 아빠 엄마 사이에 재운다. 봐라, 문법과 문화가 딱딱 맞아떨어지지?

동남 지역 억양이 진하게 묻은 선생님의 말투를 송기주는 수십 년이 지난 지금도 그대로 흉내 낼 수 있었다. 그만큼 인상적인 해설이었고 아빠도 엄마도 없는 송기주에게 은근한 상처를 안겨 준 설명이기도 했다. 선생님의 고루한 해설 덕분에 송기주는 중학교 때 영문법의 어려운 고비를 조금 수월하게 넘겼지만 주어를 아빠로, 동사를 엄마로, 목적어를 아들로, 보어를 딸로 빗댄 설명은 지금 생각해도 너무 구려서 코웃음이 나왔다.

I love my baby.

문법 시간 내내 칠판 한가운데에 큼직하게 씌어 있던 그 문장을 다시 떠올린 건 시오의 수면 교육이 시작되었을 때였다. 송기주는 베스트셀러 육아서 여러 권을 읽고 책이 제안하는 수면 교육법을 시오에게 적용했다. 전혀 효과가 없었다. 지철이 직접 만든 원목 아기 침대에 눕히고 안방으로 돌아오면 시오는 어김없이 울음을 터뜨렸다. 육아서마다 울려도 괜찮다 시간이 지나면 분명 좋아진다고 말했지만 아이가 숨이 넘어가게 울어 대면 이러다가 경기라도 일으킬까 무서워 결국 다시 안방으로 데려오고 말았다. 어쩐지 열패감을 느끼며 시오를 안방 침대 사이에 눕혀 놓으면 영어 선생님이 분필을 부러

뜨려 가면서 힘주어 쓴 그 문장이 선명하게 떠올랐다.

나는 내 아기를 사랑한다. 한국은 원래 애들을 아빠 엄마 사이에 재운다. 봐라, 문법과 문화가 딱딱 맞아떨어지지?

맘속으론 구태의연하고 구리다고 얼마든지 쏘아붙일 수 있었다. 하지만 시오가 제 방 원목 침대에서 숨이 넘어가게 울부짖으며 엄마 아빠를 찾는 소리를 듣고 있으면 송기주는 '나는 내 아기를 사랑하지 않는다.'라는 본 적도 없는 문장을 자꾸 떠올렸다. 엄마의 사랑을 받지 못해 엄마의 사랑을 주지도 못하나. 너무 무서워 꼭꼭 숨겨 왔던 생각이 고삐를 풀고 나와 송기주의 목을 졸랐다. 결국 수면 교육이라는 걸 시도하고 일주일도 안 되어 송기주는 아이 방 침대를 안방으로 옮겼고, 또 일주일이 지났을 때는 부부 침대에서 다 함께 잤다. 영어 선생님의 말은 정확한 예언이 되어 버렸다.

시오를 임신하고 송기주는 태교 일기를 썼다. 일기라지만 시오에게 쓰는 편지에 가까웠다. 그때 시오라는 이름은 없고 총총이라는 태명이 있었다. 별처럼 총총 빛나라고, 너무 늦지 않게 엄마 곁에 총총 와 달라고 총총이였다. 총명하다고 할 때 총 자면 더 좋고. 옆에서 지철이 덧붙였다.

총명하다고 할 때 총 자가 무슨 뜻인지는 알아?

똑똑할 총 아니야?

귀 밝을 총이야. 총명하다는 건 남의 말을 잘 듣는다는 뜻이야.

 착한 자기처럼?

 지철은 입덧이 심해 순식간에 살이 내린 송기주의 야윈 몸을 조심스럽게 끌어안으며 속삭였다.

 자기 닮아서 예쁘고 착하고 남의 말도 잘 듣는 아이로 키우자.

 그때 쓴 태교 일기를 읽어 보면 임신 중의 송기주는 아이와 적당한 거리를 지키는 완벽한 엄마였다. 총총이는 송기주가 바라는 대로 커 줄 완벽한 아이였다. 모든 육아서가 말하는 모범적인 엄마와 아이였다. 그런데 아이가 태어나고 총총이에서 시오가 되자 모든 게 예상과 다르게 흘러갔다. 시오는 너무 예민한 아기였고 돌 전에 통잠이라는 걸 자 본 적이 없었다. 잘 먹지도 않아 늘 젖병의 우유를 남겼다. 배앓이도 이앓이도 요란하게 했고 한밤중에 열이 급히 올라 응급실에 달려가는 일도 잦았다. 육아서가 말하는 권위가 있되 다정한 부모고 나발이고 송기주의 육아는 일단 아이의 생존이 일차적인 목표가 되었다. 한밤중 수유를 마치고 잠깐 눈을 붙였다가도 아이가 잘못되는 악몽을 꾸고 소스라치며 깨어나 아이가 숨을 쉬는지 코끝에 손을 갖다 대는 날이 이어졌다. 송기주는 아이를 키우는 사람이라기보다 아이의 죽음을 막기 위해 초긴장 상태로 지내는 파수꾼에 가까웠다. 그런 불안 앞에서 육아서가 말하는 부모의 권위는 스스로 무너졌다. 송기주는 전두엽을 제 손으로 절제하고 편도체만 부쩍 키운 사람 같았다. 그런 송기주가 키워서인지 시오도 불안도가 높은 아이로 자랐다. 걸음마를 하기도 전에 어둑한 방에 들어가면 요란하게 울음을 터뜨렸고, 낯선 사람을 보면 일단 눈을 질끈 감고 울기 시작했다. 명절에 지철의 본가에 가면 시오가 울음을 그치지 않아 시어머니와 손위 동서가 시오를 천상 효녀라고 불렀다. 제 엄마 일하지 말라고 저렇게 울어 댄다는 농담이었는데 악의 없는 농담마저 송기주는 듣기 싫었다. 지철과 송기주가 아니면 품에 안기려고도 하지 않아 시가 식구들도 시오를 별로 예뻐하지 않았다.

좀 더 자라 시오가 어린이집에 다니기 시작했을 때도 낯가림은 나아지지 않았다. 어린이집 재롱 잔치가 있는 날이면 송기주는 한껏 긴장해야 했다. 시오가 무대에 올라가길 거부하며 울부짖는 소리가 대기실에서 관객석까지 들려왔다. 어린이집 선생님이 억지로 옷을 입혔는지 한껏 흐트러진 몰골로 무대에 올라온 시오는 다른 아이들이 음악에 맞춰 깡충깡충 뛰고 율동하는 동안 제자리에 가만히 서서 젖은 눈으로 관객석을 노려보았다. 송기주는 시오가 뿜어내는 노여움을 목격할 때마다 심장이 덜컥 내려앉았다. 저 아이가 노려보는 사람이 자신일까 봐, 저 아이를 낳고 키운 송기주 자신일까 봐 두

렵고 수치스러웠다. 지철은 그런 시오도 귀엽다고 헤벌쭉 웃으며 동영상을 촬영했다. 옆에서 지철이 계속 우리 딸 귀엽다, 귀여워 하고 중얼거렸다. 그러나 송기주의 눈에 시오는 조금도 귀엽지 않았다. 그러다 문득 깨달았다. 시오가 총총이 시절 송기주의 예상과 전혀 다른 아이로 자라는 것처럼 송기주 역시 임신 시절 했던 다짐과 전혀 다른 엄마가 되어 가고 있었다.

시오가 사춘기에 접어들자 송기주만의 은밀한 불안이 가시화되기 시작했다. 초등학교 고학년이 되면서부터 자꾸 혼자 있으려고 들고 '관계자 외 출입 금지' 팻말을 붙인 방문을 닫아걸기 시작한 것은 충분히 예상 가능한 범위였다. 가족여행을 가게 되어도 억지로 가 준다는 티를 팍팍 내고 좋아하는 음식과 옷 취향이 파격적으로 달라진 것도 선배 엄마들에게 들어서 예상할 수 있었다. 사실 사춘기 아이가 엄마 아빠보다 친구를 더 좋아하고 아이돌을 훨씬 더 좋아하지 않는다면 오히려 걱정할 일이라는 것쯤은 알고 있었다. 그러나 송기주는 엄마이기 전에 사람이라면 누구나 당연히 알아야 하는 사실을 놓치고 있었다. 어이없게도 시오의 몸이 자라 이차성징이 나타나고 결국 어른의 몸이 되어 간다는 자명한 일이었다. 그 당연한 사실을 외면하고 있다가 어느 날 시오의 몸이 변해 있는 걸 보고 심장이 떨어질 만큼 놀랐다. 시오가 중학생이 되어 처음으로 교복을 맞춘 날 매장 직원의 안내를 받으며 몇 가지 치수의 교복을 입어 본 후 가장 잘 맞는 교복을 입고 거울 앞에 섰을 때 송기주는 조금 떨어진 뒤쪽에서 시오의 뒷모습과 거울에 비친 앞모습을 동시에 바라보며 기이한 공포를 느꼈다. 저 아이가 언제 저렇게 컸지? 아니, 언제 저런 모습으로 변했지? 키가 크고 뼈대가 굵은 시오의 뒷모습은 지철을 많이 닮았고 거울 속 하얀 얼굴은 송기주를 많이 닮아 있었다. 아이가 처음 교복을 입어 보는 날이면 다들 대견함과 뿌듯함을 느끼며 감상에 젖는다는데 송기주는 시간 선이 크게 어긋나 버린 듯한 어지럼증을 느꼈다. 교복을 들고 탈의실에 들어갔던 시오와 교복을 갖춰 입고 거울 앞에 선 시오가 영 다른 사람 같았다. 좁은 탈의실이 앨리스가 이상한 나라로 빨려 들어간 마법의 통로로 보였다. 시오가 탈의실에 들락거릴 때마다 송기주는 당장 그 안에 뛰어 들어가 자기 딸을 되찾아 오고 싶은 충동을 느꼈다. 교복을 입고 윤기 흐르는 단발머리를 좌우로 찰랑거리며 거울에 비친 제 모습에 흠뻑 빠져 있는 저 여자는 딸 시오가 아니었다. 가슴과 배를 한껏 조이는 한 치수 작은 옷을 꿰어 입고 흡족해하는 방자한 여자가 시오일 리가 없었다. 거울에 비친 시오의 얼굴을 훔쳐보면서 송기주는 백설 공주의 계모 왕비부터 물에 비친 제 모습에 반해 몸을 던진 나르키소스까지 거울 때문에 망한 온갖 인물을 떠올렸다. 더는 참을 수 없어진 송기주가 직원에게 가서 아까 입어 본 한 치수 큰 교복으로 포장해 달라고 말했다. 시오의 표정이 단박에 일그러졌다. 송기주가 직원에게 신용카드를 내밀자 시오는 지금 입고 있는 치수로 사겠다고 고집을 부렸다. 송기주는 시오 쪽을 쳐다보지도 않고 매몰차게 말했다.

사람이 옷을 입고 숨은 쉬어야 할 거 아냐.

그러나 시오는 입학식 전에 교복을 한 치수 작은 걸로 교환해 왔다. 송기주는 입학식 날 아침 시오가 가슴과 배를 한껏 조이는 작은 교복을 입고 식탁에 앉았을 때야 그 사실을 알았다. 옷을 억지로 벗길 수는 없는 노릇이었으므로 송기주는 교복을 바꿔 온 사실보다 교복을 바꾸기 위해 송기주의 가방을 몰래 뒤져 영수증을 훔쳐 낸 사실을 추궁하고 나무랐다. 어디서 배운 못된 짓이냐는 말을 했고, 벌써 이러면 어쩔 거냐고도 했다. 몸을 조이는 옷을 입으면 건강에도 안 좋고 활동성도 떨어진다고 했고, 특히 성장기 여자애가 아랫배를 그렇게 조였다간 중요 기관에 무리가 갈 수도 있다는 자신도 믿지 않는 말들을 마구 늘어놓았다. 그때 얼굴을 구긴 채 우유에 만 콘플레이크를 휘적이던 시오가 숟가락을 딱 소리나게 내려놓고 벌떡 일어났다. 송기주와 지철이 놀라 입을 벌리고 시오를 올려다보았다. 시오가 송기주를 똑바로 노려보며 쏘아붙였다.

엄마는 내가 예쁜 게 싫지?

송기주는 조금 전까지 도덕과 건강을 운운하며 시오를 몰아붙였던 말들이 얼마나 빈 껍데기였는지 비로소 자각했다. 시오의 말이 맞았다. 송기주는 시오의 도덕과 건강을 염려하는 게 아니었다. 시오가 예쁜 게 싫었다. 아니, 무서웠다. 하지만 진심을 최대한 숨기고 싶었다. 그래야 시오를 지킬 수 있다고 믿었다.

이게 예뻐? 가슴이고 엉덩이고 터질 것 같은 게 예뻐? 애가 왜 이렇게 겁이 없어?

시오는 송기주의 진심을 다 알아보았다는 듯 한쪽 입꼬리를 비틀어 올리며 웃더니 그대로 가방을 들고 집을 나섰다. 송기주가 따라가려고 하자 지철이 붙잡아 식탁 앞에 주저앉혔다.

그냥 우리 딸 중2병이 빨리 왔다고 생각하자.

송기주는 지철을 노려보았다. 지철은 못 본 척하고 콩나물국에 만 밥을 마저 먹었다.

당신, 참 속 편하네. 요즘 세상이 어떤지 알고 애를 저 꼴로 내보내? 아빠들이 더 겁내고 단속해야 하는 거 아니야?

지철이 입안 가득 밥을 물고 송기주를 쳐다보았다.

자기야말로 너무 겁이 많아. 애를 좀 믿어 보자.

지철은 송기주를 한심하게 쳐다보았다. 언제는 겁이 많아 마음에 든다더니. 송기주는 어느새 겁이 너무 많아 자식도 못 믿고 앞뒤에 맞지 않는 잔소리나 퍼붓는 한심한 엄마가 되어 있었다.

엄마, 그거 알아? 옛이야기 속 계모들은 원래 전부 친엄마였대. 근데 친엄마가 아이를 버리고, 굶기고, 죽이고 하는 이야기를 사람들이 불편해하니까 점점 계모로 바뀐 거래.

시오가 초등학교 5학년 때 동네 도서관에서 빌려 온 책을 읽고 말했다. 송기주는 내심 크게 놀랐으면서 시오에게는 왜 그런 책이 어린이 열람실에 있느냐고, 혹시 어른 열람실에서 빌린 거 아니냐고 오히려 추궁했다. 시오는 대답하지 않고 입을 삐죽 내밀더니 갑자기 간식으로 먹고 있던 토스트 귀퉁이를 뜯어 주머니에 넣기 시작했다. 뭐 하는 짓이냐고 묻자 아직 제 엄마를 그렇게 미워하지 않았던 열한 살의 시오가 씩 웃으며 대답했다.

엄마가 언제 못된 계모로 변해서 날 숲속에 버릴지 모르니까 가는 길에 빵 부스러기를 떨어뜨리려고 그러지.

그때 송기주도 아직은 마음에 여유가 있어 시오의 농담을 농담으로 받아칠 수 있었다.

헨젤이 빵 부스러기를 떨어뜨렸더니 새들이 다 쪼아 먹어서 집으로 돌아오는 길을 잃어버렸잖아! 그때 만난 게 마귀할멈이고.

이제 송기주는 알았다. 헨젤과 그레텔이 만난 마귀할멈도 친엄마의 변형된 형태이고, 마귀할멈이 헨젤과 그레텔의 손에 죽어야 이야기가 비로소 행복하게 끝난다. 게다가 다 커서 대학생이 된 시오는 집으로 돌아오기 위해 빵 부스러기나 조약돌을 뿌려 놓는 짓을 하지 않는다. 오히려 돌아오는 길을 지우기 위해 스스로 빵 부스러기나 조약돌을 쪼아 먹는 편이 낫다고 생각한다.

I love my baby.

이 문장을 아무리 반복한들 지금 송기주에겐 아기가 없었다. 아기는 오래전에 사라지고 이제 성인이 되어 모든 일을 스스로 해치우려고 하는 이시오라는 여자만 남아 호시탐탐 송기주를 영영 버릴 기회를 노리고 있었다.

∞

또 신발을 잃었다. 신발장에 곱게 벗어 둔 운동화가 감쪽같이 사라졌다. 하교 시간이 지난 토요일 오후 신발장은 깔깔한 모래 냄새를 풍길 뿐 깨끗하게 비어 있다. 복도는 괴괴했다. 오후 시간인데도 창밖이 잿빛으로 어둑한 건 비가 오기 때문이었다. 바람이 없는 날이라 비는 수직으로 곧장 지면에 떨어졌다. 비를 확인한 순간 발바닥에 시멘트의 냉기가 느껴졌다. 반지영은 실내화도 신고 있지 않았다. 아침에 등교했을 때 제 이름표가 붙은 신발장 칸에 실내화가 사라지고 없었다. 또. 반지영은 반사적으로 생각했다. 또. 도둑년이. 도둑년들이. 반지영의 실내화가 사라지는 일은 흔했다. 실내화를 신지 않은 게 발각되면 교칙 위반으로 벌점을 받아야 했으므로 아이들은 서로의 실내화를 흔히 훔쳤다. 애초에 각자 실내화를 잘 챙겨 다니면 좋았겠지만 고등학생이 제 물건을 야무지게 챙기는 경우가 생각보다 흔하지 않았다. 실내화를 가져오지 않은 아이는 다른 학년 다른 반 신발장에 가 이름이 쓰어 있지 않은 실내화를 골라 신고 제자리로 돌아왔다. 이렇게 실내화를 잃은 아이는 또 다른 신발장에 가서 남은 실내화를 가져와 신었다. 학교 안에 실내화가 돌고 돌았다. 가끔은 처음 보는 아이의 발에 신긴 자기 실내화(였던 것)를 발견할 때도 있었다. 그러나 어! 하고 알은척을 했다가도 제 발에 실내화를 신고 있으면 가던 길을 가곤 했다. 고작 실내화 따위로 드잡이하는 애들은 없었다. 모두가 공모자였다. 번거로움을 막으려고 매직펜으로 발등과 발꿈치 부분에 큼직하게 이름을 써 두는 아이도 있지만 용감하게 그런 실내화마저 훔쳐 가는 아이도 있었다. 이는 엄연히 운과 우연의 영역이라서 부적처럼 이름을 써 둔들 실내화를 잃는 아이는 잃고 버려두다시피 해도 잃지 않는 아이가 있었다. 반지영은 신발에 관해서라면 지독히 운이 없는 경우에 해당했다. 반지영의 실내화는 이름을 크게 써 두어도, 누가 봐도 신기 싫게 더러워도 자주 사라졌다. 이쯤 되니 우연과 운의 영역이 아니라 누가 일부러 반지영의 실내화만 노리는 게 아닌가 싶었지만 심증 외에 물증이 없었으므로 선생님과 부모님에게 호소할 수도 없었다. 선생님은 여고생이 칠칠치 못하게 제 물건 하나 간수 못 하냐고 혼을 낼 테고, 아버지는 애초에 그런 고민을 나누는 사람이 아니었으며, 엄마는, 먹고사는 일에 너무나 피로한 엄마는 실내화를 또 사 줘야 하느냐 땅이 꺼지게 한숨을 쉬면서 안 그래도 묵직한 반지영의 죄책감만 한껏 불려 놓을 것이다. 그래서 반지영은 한 달에 한 번꼴로 실내화가 사라질 때마다 아껴 둔 용돈으로 학교 앞 문구점에 가서 실내화를 사 오거나 돈이 없으면 며칠 동안 맨발로 다녔다. 반지영에게는 남의 반 신발장에 가서 아무 실내화나 가져다 신을 용기가 없었다. 기억 속의 그날 역시 하얀 양말 바닥이 새까매지고 발꿈치가 쓸려 구멍이 날 때까지 맨발로 다녔다. 되도록 책상 앞을 떠나지 않았고, 화장실에 가야 할 때만 뒷자리 아이에게 잠시 실내화를 빌려서 다녀왔다. 토요일이었으니까 오전 시간만 견디면 된다고 생각했다. 겨울이라 발바닥이 시렸다. 시간이 유난히 더디게 흘러갔다. 발바닥에 냉기가 느껴질 때마다 다음 주부터는 무슨 일이 있어도 실내화 주머니를 챙겨 다니리라, 도둑년들이 손도 대지 못하게 하리라 다짐했다. 4교시 내내 참았던 요의가 견딜 수 없는 지경에 이르렀지만 뒷자리 아이의 짜증을 견디며 실내화를 빌리고 싶지 않았다. 종례가 끝나면 신발장에 벗어 둔 운동화를 신고 화장실에 다녀올 것이다. 그런데 하교 시간이 훌쩍 지나고 애들이 모두 사라진 다음 복도에 나가 보니 운동화까지 사라졌다. 실내화와 운동화가 동시에 사라진 날이라니 믿기지 않았다. 충격으로 잠시 잊고 있던 요의가 갑자기 몰려왔다. 반지영은 맨발로 복도 끝에 있는 화장실에 갔다. 바닥이 더럽고 축축했지만 그건 사소한 문제가 되었다. 비가 오는 토요일 오후 맨발로 집까지 가야 했다. 반지영은 그날 신발장에 남아 있을 실내화를 찾아 4층 학교 건물을 샅샅이 뒤졌고, 결국 교무실 앞 교사용 신발장에서 가장 허름한 슬리퍼를 하나 훔쳤다. 그 후 수십 년 동안 신발을 잃어버리는 꿈은 반지영의 단골 악몽이 되었다.

또 신발을 잃었다. 이번에는 꿈이었다. 반지영은 신발을 벗고 들어가는 넓은 식당에 있었다. 테이블마다 보글보글 탕이 끓고 사람들이 목소리를 높여 떠들며 동시에 먹고 마셨다. 숟가락이 그릇에 부딪치는 소리, 음식이 끓는 소리, 유리잔끼리 쨍강 맞부딪치는 소리, 악다구니 같은 말소리가 귀에 쟁쟁했다. 반지영은 요의를 느끼면서도 자리를 떠나지 못했다. 맞은편 사람의 얼굴은 코 아래쪽만 보여 누군지 알아볼 수 없었다. 아랫배가 팽팽히 당겨 왔다. 이러다가 터지겠어. 입만 보이는 앞사람이 말했다. 반지영은 앞사람이 자신의 오줌보 상황을 아나 싶어 뜨끔했지만 그 사람은 그저 테이블 위 휴대용 가스레인지의 화력을 줄였다. 기세 좋게 끓던 국물이 가라앉자 오줌보는 이때다 싶었는지 터질 듯 부풀었다. 이러다 정말 터지겠어. 이번에는 반지영이 말하고 자리에서 일어났다. 화장실은 식당 바깥에 있었다. 실내 바닥 아래쪽에 사람들이 벗어 놓은 신발이 수백 켤레가 흩어져 있었다. 반지영은 그 신발들 사이에서 신발을 찾느라 바빴다. 꿈속의 반지영은 어떤 신발을 신고 식당에 왔는지 몰랐지만 수많은 신발 사이에 제 신발이 없다는 사실만은 잘 알았다. 신발장도 꼼꼼하게 뒤졌다. 그러나 반지영의 신발은 없었다. 막막하고 서러웠다. 오줌보가 배를 찢을 것처럼 팽팽해졌다. 반지영은 깨달았다. 신발장을 가득 채운 신발들과 바닥에 어지럽게 흩어진 신발들 중 어떤 것도 짝이 맞는 게 없었다. 반지영은 이렇게 제멋대로인 신발들이라면 아무거나 꿰어 신고 화장실에 다녀와도 모르지 않을까 생각했다. 생각만 했는데도 가슴이 콩닥콩닥 뛰었다. 반지영은 빨리 다녀와야겠다고 생각하며 발에 맞는 신발 두 짝을 골라 보았다. 그런데 어떤 신발도 발에 맞지 않았다. 모든 신발이 터무니없이 크거나 너무 작았다. 설움이 폭발할 것 같았다. 그때 열 걸음쯤 떨어진 곳에 슬리퍼 하나가 눈에 들어왔다. 슬리퍼라면 크든 작든 상관이 없지 않을까. 반지영은 일단 맨발로 바닥에 내려섰다. 꿈인데도 발바닥이 시려 왔다. 열 걸음만 걸으면 슬리퍼를 신을 수 있다. 한 발, 두 발, 세 발. 발이 식당 바닥에 엎드린 무언가를 밟았다. 뭔지 몰라도 액체처럼 미끄덩하고 차갑고 더러운 느낌이었다. 또. 반지영은 생각했다. 도둑년이. 찝찝한 감각이 온몸으로 퍼져 갔다. 그러나 반지영은 끝까지 온몸에 준 힘을 풀지 않았다. 힘을 풀면 마흔이 넘은 나이에 이불에 오줌을 싸는 사람이 될 테니까. 이렇게 생각하는 걸 보면 꿈이군. 또. 신발. 오물. 또. 도둑년. 젠장. 대충 이런 순서로 뇌까리다 잠에서 깨어났다. 꿈 밖에서 누가 집요하게 초인종을 누르고 있었다. 쾅쾅쾅 문 두드리는 소리도 들려왔다. 또. 젠장. 부녀회장. 장례식 시위. 아파트 값. 씨발. 대충 이런 순서로 중얼거리며 방 밖으로 나갔다. 거실 벽 인터폰 화면에 여자의 얼굴이 어른거렸다. 안경을 쓰지 않아 정확히 보지는 못했지만 실루엣을 보면 부녀회장이 분명했다. 이 여자가 또. 반지영은 문을 열어 줄 생각도 하지 않고 곧장 화장실로 가 요의부터 해결했다. 그리고 부엌으로 가 정수기에서 물을 받아 마셨다. 부녀회장은 초인종을 두 번 더 누르고 현관문을 세 번 쿵쿵쿵 두드리다가 가 버렸다. 또 항의 집회가 있는 날인 모양이었다. 아버지는 벌써 나갔는지 싱크대 건조대에 물기가 마르지 않은 공기와 대접이 엎어져 있었다. 알람을 맞춰 놓은 시각보다 한 시간 일렀다. 오른쪽 관자놀이께가 찌르르 아파 왔다. 커피가 급해져 전기 주전자에 물을 끓였다. 싱크대 상부 장에서 원두 통을 꺼내려고 몸을 돌렸다가 그것을 보았다. 그것은 현관 중문 바로 앞에 있었다. 핸들 사이에 라탄 바구니가 달리고 프레임은 전부 형광 핑크로 칠한 중간 크기의 자전거였다. 반지영은 커피를 꺼내다 말고 홀린 듯 다가갔다. 뭐지? 자전거는 성인용과 아동용 자전거 사이의 크기였고, 어디서도 본 적 없는 독특한 디자인이었다. 자전거 세계에도 수제라는 개념이 있다면 수제 자전거로 보일 법한 모양이었다. 공장에서 매끈하게 뽑아낸 상품이 아니라 바퀴 따로, 프레임 따로, 핸들 따로, 페달 따로 구해 조립해 놓은 것 같았다. 그만큼 각 부품 크기의 비율이 묘하게 어긋나 있었다. 게다가 형광 핑크색 프레임도 도색이 매끈하지 않고 사람이 칠한 티가 곳곳에 보였다. 아버지? 아무리 생각해도 아버지의 작품이겠지만 아버지가 왜 이런 걸 만들었는지는 짐작조차 안 되었다. 아버지가 자전거를 좋아했던가? 평생 남의 집 자동차를 운전한 사람이라 늙어서는 뭐든 당신 손으로 운전하지 않겠다고 선언하지 않았던가. 아버지는 일흔 살이 되면서 자발적으로 면허증을 반납했고 오직 대중교통 아니면 딸과 사위가 운전하는 차만 탔다. 그런 아버지가 새롭게 자전거를 욕심냈다고? 그것도 이토록 화려한 형광 핑크색 자전거를? 라탄 바구니 안에 하얀 쪽지가 반으로 접혀 있었다. 반지영은 꺼림칙한 마음으로 쪽지를 집어 펼쳐 보았다.

선물.

아버지의 글씨체는 무뚝뚝하고 살짝 기울어 있었다. '선'과 '물' 사이가 넓었다. 평생 글씨와 친숙하게 지낼 일이 없었던 사람의 필체였다. 반지영의 심장이 쿵 내려앉았다. 알 수 없는 눈물이 솟았다. 동시에 화가 났다. 선물이라니. 이 노인네가. 아버지는 평생 아내와 딸들에게 선물을 한 적이 없었다. 어떤 마음이든 전달한 적도 없었다. 평생 사모를 모시는 충성만이 진심이었을 뿐 가족을 위해서는 월급봉투를 전할 때를 빼고는 무엇이고 건넨 적이 없었다. 반지영 자매들은 자라면서 크리스마스 선물은커녕 생일에도 엄마가 끓여 주는 미역국 외에 바랄 수가 없었다. 간혹 엄마가 미루고 미뤄 왔던 것을 사 주기는 했지만 그나마 진작 사야 했던 속옷이나 학용품, 외투 같은 것이지 취향만을 고려한 선물을 받은 기억이 없었다. 아버지는 월급을 잊지 않고 가져다주는 것만으로 가장의 역할을 충실히 하고 있다고 믿는 남자여서 딸들이 지금쯤 뭐가 필요하겠거니 짐작하고 선물하는 일은 꿈조차 꾸지 않았다. 가끔 딸들에게 주는 게 있기는 했다. 사모의 자식들이 입거나 신고 물려주는 고급 브랜드 옷과 신발이었는데 아무리 새

것과 다름이 없다고 해도 딸들은 그것들을 반기지 않았다. 일찍 철이 든 언니들은 구멍 난 신발을 신을지언정 아버지가 가져온 사모 집 물건에 손도 대지 않았다. 엄마의 복잡한 눈빛을 읽어버린 반지영이 사모의 늦둥이 막내딸이 입고 신었던 것들을 물려받았다. 그때 반지영에겐 열패감보다 엄마의 막막한 눈빛이 훨씬 더 견디기 어려웠다. 옷과 신발만 보고 반지영이 부잣집 딸이라고 오해하는 아이들도 있었다. 지금 생각하면 반지영의 실내화와 운동화가 유난히 자주 사라진 것도 어쩌면 그 일과 관계가 있었는지도 몰랐다. 이렇게 아버지는 평생 아내와 딸들의 마음을 헤아리지 못했다. 언제나 어긋났다. 이제 와서. 반지영은 생각하며 신경질적으로 눈물을 닦아 냈다. 눈물로 얼룩진 시야에 요란한 핑크색 자전거가 물에 빠진 것처럼 일렁였다. 물에 빠진 자전거. 물에 빠진 운동화. 억. 반지영은 자기도 모르게 억눌린 비명을 질렀다. 자꾸만 신발을 잃어버리는 악몽의 근원을 수십 년 만에 기억해 버렸다.

어린이날이니까.
아버지는 짧게 한마디 했다. 그 한마디면 어린이날 막내딸만 데리고 직장인 사모의 집에 출근하는 이유가 전부 설명된다는 듯이. 엄마는 미리 말해 줬으면 도시락이라도 싸 놨을 것 아니냐고 투덜거렸지만 쉬는 날이 따로 없는 아버지가 어린이날 불려 가면서도 막내딸은 챙겨서 데려간다는 사실이 영 싫지만은 않은 눈치였다. 언니들은 그나마 괜찮은 옷을 골라 입고 아버지를 따라나서는 반지영을 눈치 없는 바보 취급했다. 작은언니는 자존심 챙겨라고 속삭였고 큰언니는 아예 말도 섞기 싫다는 듯 반지영을 외면하며 중얼거렸다. 거지도 아니고. 아버지를 따라 대문 밖으로 나가며 반지영은 자꾸만 뒤를 돌아보았다. 배웅을 나온 사람은 엄마뿐이었다. 엄마가 대문 앞에 서서 뒤를 돌아보는 반지영에게 손을 흔들었다. 재미있게 놀다 와, 그랬던가. 무사히 다녀와, 그랬던가.

아버지는 사모 집까지 버스로 출근했다. 아버지 말로는 사모가 차를 언제든지 써도 된다고 했다지만 반지영의 동네에는 고급 자동차를 맘 편히 세워 둘 공간이 없었다. 아버지는 언제나 사모의 집 너른 차고에 차를 안전하게 세워 놓고 버스를 타고 집으로 돌아왔다. 간혹 버스가 끊긴 시간까지 사모를 모실 일이 생기면 사모가 택시비 조로 지폐 몇 장을 주곤 했다. 그러면 아버지는 날씨가 허락하는 한도까지 걷다가 도저히 걸을 수 없게 되면 그때야 택시를 잡아타고 귀가했다. 남은 돈은 아버지의 비상금이 되었겠지만, 그 돈을 어디에 썼는지는 몰라도 아내와 딸들에게 쓴 것 같지는 않았다.

처음 가 본 사모의 집은 대문과 담장의 높이부터가 동네 집들과 달랐다. 드라마에서 본 저택들과 비교해도 으리으리했다. 아버지가 초인종을 누르자 곧 딸깍하는 소리와 함께 문이 저절로 열렸다. 대문에서 현관문까지 가는 길도 길었다. 계단이 여럿 있었고 층이 다른 정원이 펼쳐졌다. 아버지는 사모의 집에 들어가서도 신발을 벗지 않았다. 신발을 벗을 여유가 없었다는 뜻이다. 아버지와 반지영이 현관문 안쪽으로 들어가자 사모가 기다렸다는 듯 막내딸을 데리고 나왔고, 뒤이어 가정부가 도시락이라며 커다란 찬합 보따리를 아버지에게 건넸다. 사모는 구두를 신으며 아버지 뒤에 어색하게 서 있는 반지영을 보고 화사하게 웃었다.

네가 반 기사 막냉이구나? 똘똘하게 생겼네.

사모의 목소리는 예상보다 높고 맑았다. 사모가 뒤편에 부루퉁한 얼굴로 서 있는 딸을 돌아보며 덧붙였다.

우리 공주님, 오늘 언니 노릇 하게 생겼네?

그러나 사모의 막내딸은 자기보다 한참 어린 반지영을 무섭게 노려볼 뿐 언니 노릇을 할 생각은 전혀 없어 보였다.

네 사람은 차고로 내려갔다. 차고에는 번들거리는 검은색 자동차와 흰색 자동차가 나란히 서 있었다. 아버지가 흰색 자동차의 뒷문을 열더니 문 뒤쪽에 우뚝 섰다. 사모가 차에 타자 날렵한 동작으로 문을 닫고 이번에는 재빨리 반대쪽으로 돌아가 차 문을 열었다. 사모의 막내딸이 눈을 착 내리깔고 차에 올랐다. 반지영은 제자리에 우두커니 서서 차 안을 보았다. 사모가 환하게 웃으며 딸에게 무슨 말을 하고 있었다. 아버지가 차에 탔고 곧 부릉하며 차에 시동이 걸렸다. 반지영은 낯선 곳에 이대로 버려질까 조바심이 났지만 어떤 말도 행동도 할 수가 없었다. 그때 반지영 바로 앞 조수석 쪽 차창이 내려가더니 아버지가 고개를 빼고 소리쳤다.

 뭐 해? 얼른 타지 않고?

 어린이날이라고 사모는 중학생이 된 막내딸과 오랜만에 나들이를 가고 싶어졌다. 그동안 사업에 바빠서 늦둥이를 제대로 못 챙긴 게 새삼 마음에 걸렸다. 막내딸은 친구들과 놀이공원에 가게 용돈이나 두둑이 달라고 했지만 사모는 늦기 전에 딸과 추억을 만들고 싶었다. 그래서 공휴일인데도 아버지에게 출근을 부탁했다. 그때 충복 반 기사에게도 어린 딸이 있다는 생각이 스쳤고 내친김에 그 아이까지 데려오라고 했다. 부처님오신날이나 개천절이었다면 아버지만 불렀을 테지만 하필 어린이날이라 사모 말고는 누구도 적극적으로 원치 않는 나들이에 반지영을 유일한 어린이로 참여시켜 구색을 갖추게 되었다. 아버지는 시종일관 전방만 주시하며 운전에 집중했고, 반지영은 조수석에 앉아 내내 울렁증을 참았으며, 사모의 막내딸은 심술이 잔뜩 나서 오 분에 한 번꼴로 혀를 찼고, 사모만 들떠서 말이 많았다.

재미난 옛날얘기 해 줄까?

(아무도 대꾸하지 않음)

옛날 옛날 어느 마을에 부모도 없이 남의 집 일을 거들며 사는 아이가 있었대.

(쯧, 혀 차는 소리)

아이가 산길을 가다 도깨비를 딱 마주쳤는데 아닌 밤중에 이 도깨비가 돈 서 푼을 빌려 달라는 거야. 도깨비가 무서우니 별수 있어? 아이는 겁이 나서 얼른 서 푼을 빌려주었어.

(좌회전하겠습니다, 사모님.)

다음 날 도깨비가 와서 서 푼을 갚는 거야. 아이는 마음을 놓았지. 그런데 웬걸? 그다음 날에도 도깨비가 찾아와 또 서 푼을 갚네?

(헐, 빈정대는 소리)

아이는 어제 돈을 갚았으니 오늘은 그냥 가도 좋다고 했지만 도깨비는 그런 적 없다며 막무가내로 돈을 놓고 가. 돈만 놓고 가는 게 아니야. 도깨비는 허름한 아이의 집을 보더니 끌끌끌 혀를 차고 새 그릇, 새 옷, 새집까지 주네?

(전방에 과속방지턱이 있습니다, 사모님.)

도깨비는 돈 갚은 일을 까먹고 매일 서 푼을 가져와 갚다가 마침내는 뭐든 뚝딱 나오는 도깨비방망이까지 가져다주었어. 금 나와라 뚝딱 하면 금이 나오고 은 나와라 뚝딱 하면

은이 나오는 거 있잖아. 이렇게 아이는 착한 마음으로 도깨비에게 돈을 빌려주었다가 큰 부자가 되어 잘 먹고 잘살았단다.

준다고 덥석 받냐?

사모 딸이 중얼거리는 소리를 신호로 반지영은 딸꾹질을 시작했다. 빈정거리는 말이 명치에 딱 꽂혔다. 준다고 덥석 받냐? 반지영은 얼마 전 아버지가 얻어 온 외제 크레용 세트를 떠올렸다. 아마 사모 딸이 어렸을 때 쓰던 물건이었을 것이다. 혹시 옛이야기 속 아이가 아니라 반지영에게 들으라고 한 말일까? 크레용 세트 60색은 비록 쓰다 만 흔적이 역력했지만 반지영의 학급 누구도 갖지 못한 호화로운 문구였다. 심지어 아버지가 얻어 오는 물건은 쓰지 않겠다고 선언한 작은언니가 반지영의 크레용 세트를 홀린 듯 바라보는 장면도 목격했다. 혹시 사모 딸은 그 크레용 세트를 반지영에게 주고 싶지 않았나? 그래서 반지영을 보자마자 계속 부루퉁한 얼굴을 하고 심술을 부리는 걸까?

자동차는 충청도 경계를 넘으며 국도로 들어섰다. 아버지는 절 이름이 쓰인 갈색 표지판을 따라갔다. 절이 가까워지자 사모가 핸드백에서 알이 굵은 염주를 꺼내더니 단단히 손에 쥐었다. 자동차가 마침내 절 입구에 도착했을 때는 조용히 관세음보살 하고 중얼거렸다. 쯧. 사모 딸이 또 못마땅하게 혀를 찼다. 다른 자동차들은 전부 절 입구 오른쪽에 있는 주차장으로 들어가는데 사모의 자동차는 입구를 그대로 통과해 좁은 언덕길을 올라갔다. 경비원인지 안내원인지 어떤 남자가 다가왔다가 뒷자리의 사모를 보고 허리를 깊이 숙여 인사했다. 언덕길을 걸어가는 사람들이 가끔 궁금한 표정으로 차 안을 흘끔거릴 때는 반지영도 괜히 우쭐해졌다.

절에 도착한 후 사모 혼자 부처님께 인사를 드린다고 본당에 들어갔다. 아버지는 사모 딸을 데리고 본당 뒤쪽으로 난 작은 통로를 지나갔다. 반지영은 이제 누가 말해 주지 않아도 종종걸음으로 아버지 뒤를 따라갔다. 통로를 지나자 '관계자 외 출입 금지'라고 쓴 팻말로 막힌 구역이 나왔다. 아버지는 사모 딸과 함께 거침없이 관계자 외 출입 금지 구역으로 들어갔다. 건물 안에서 승복을 입었지만 머리는 깎지 않은 여자가 나와서 아버지와 사모 딸을 반겼다. 반지영은 일행을 따라 건물로 들어갔다. 건물의 겉모양은 전통 가옥 형태였지만 안쪽은 현대식이었다. 승복 입은 여자가 일행을 식당으로 안내했다. 아버지는 아침에 가정부가 건넨 커다란 찬합 보따리를 들고 와 통나무로 만든 길쭉하고 커다란 식탁에 내려놓았다. 승복 입은 여자가 사모 딸에게 많이 컸네, 예쁘네, 늘씬하네 등등 지나친 아부를 늘어놓으며 도시락을 풀어 식탁에 차렸다. 언뜻 보기에도 도시락은 화려하고 푸짐했다. 평소 엄마가 싸 주는 김밥과는 색깔도 모양도 전혀 다른 김밥이 있었고 갈비구이와 닭튀김과 과일과 채소가 색깔별로 화사하게 담겨 있었다. 아버지가 갈비를 가리키며 여자에게 사과했다.

절에서 고기를 먹다니 이것 참 죄송하게 됐습니다.

그러자 여자가 과장되게 손사래를 치며 대답했다.

한창 자랄 나이에 고기를 많이 먹어야죠. 부처님도 다 이해하십니다. 관세음보살.

한창 자랄 나이란 사모 딸을 두고 하는 말이었다. 여자가 식당 안쪽 주방으로 들어가 수저통을 가져오더니 식탁에 하나씩 놓기 시작했다. 그러다 이제야 아버지 뒤에 서 있던 반지영을 발견했는지 화들짝 놀랐다. 아버지가 반지영을 흘낏 돌아보며 고기에 대해 사과할 때처럼 미안한 말투로 중얼거렸다.

제 여식입니다.

여자는 반지영을 한 번 보고 다시 아버지를 한 번 보고 말했다.

아빠를 닮아서 똘똘하게 생겼네.

사모 딸을 칭찬할 때처럼 열띤 어조는 아니었다.

잠시 후 사모가 식당으로 들어왔다. 사모도 아버지도 자주 왔던 곳인지 어디에 무엇이 있는지 잘 알고 스스럼없이 행동했다. 여자도 가정부가 싸 준 보따리에 뭐가 들었는지 잘 아는 듯 어떤 보온병을 열어 사모 앞의 컵에 커피를 따르고 또 다른 보온병을 열어 사모 딸에게 음료를 따라 주었다. 딸이

젓가락을 들고 닭튀김부터 먹기 시작하자 사모가 아버지와 반지영에게 어서 맞은편에 앉으라고 손짓했다. 아버지는 손사래를 치며 사모가 앉은 자리에서 멀찌감치 떨어진 구석 자리에 앉았다. 반지영도 눈치껏 아버지 맞은편에 앉았다. 여자가 접시를 가져와 도시락 음식들을 골고루 덜어 아버지와 반지영 사이에 놓아 주었다. 아버지는 연신 굽신거리며 김밥과 갈비구이와 딸기를 먹었다. 반지영은 아버지가 먹으라고 하지 않았으므로 수저를 들지 않고 가만히 앉아만 있었다. 그런 반지영을 아버지는 끝내 못 본 척했다. 잠시 후 사모가 반지영 쪽을 흘낏 보더니 큰 소리로 말했다.

아가, 얼른 먹어! 우리 아줌마가 손맛이 좋아서 먹을 만할 거야.

그 말을 신호로 반지영은 젓가락을 들어 김밥 하나를 집어 먹었다. 멀미 때문에 입맛이 없었는데 처음 보는 모양의 김밥은 맛있어 보였다. 큼직한 김밥을 오래오래 씹었다. 한동안 식당 안에는 오직 수저가 그릇에 부딪치는 소리와 음식 씹는 소리만 들렸다. 승복 입은 여자는 일찌감치 주방에 들어가 나오지 않았다. 반지영은 김밥을 씹으며 접시에 놓인 갈비구이와 닭튀김 중 하나만 먹는다면 뭘 먹을지 고민했다. 꼭 하나만 먹어야 한다고 말한 사람은 없었지만 왠지 그래야 할 것 같았다. 반지영은 아주 어렸을 때부터 전부 가질 수는 없다는 것을 체득했다. 준다고 덥석 받냐? 이런 소리를 들어서는 안 된다는 것도.

점심 식사를 마치고 절 뒤편으로 돌아가 완만한 언덕을 내려가자 난데없이 개울과 물을 따라 뻗은 길쭉한 잔디밭이 나타났다. 이곳도 관계자 외 출입 금지 구역인지 다른 사람들은 보이지 않았다. 아버지는 빈 도시락을 차에 가져다 놓겠다고 가더니 웬 자전거를 끌고 돌아와 잔디밭 한가운데에 내려놓았다. 자전거는 온통 분홍색이었다. 사모 딸이 얼른 자전거에 올라탔다. 아버지가 자전거와 함께 어깨에 메고 온 야외용 돗자리를 나무 그늘에 펼치자 사모가 구두를 벗고 올라갔다. 사모는 그늘에서도 핸드백에 넣어 온 작은 양산을 펼쳐 들었다. 곧 승복 입은 여자가 커다란 쟁반에 시원한 마실 것과 과일을 담아 와 사모 앞에 내려놓았다. 사모가 얼음이 둥둥 뜬 커피를 한 모금 마시고 흡족한 표정을 지었다. 그러곤 반지영에게 이리 와 옆에 앉으라고 상냥하게 말하고 딸을 향해 외쳤다.
우리 공주님, 파이팅!
어느새 아버지는 사모 딸 옆에 가 있었다. 반지영은 사모 옆 조금 떨어진 자리에 엉덩이만 걸치고 앉아 사모가 집어 준 오렌지 한 조각을 들고 아버지 쪽을 물끄러미 바라보았다. 사모 딸은 그날 처음 보조 바퀴를 뗀 두발자전거 타기에 도전

한다고 했다. 아버지가 자전거 뒤쪽을 붙잡고 사모 딸에게 말했다. 앞을 똑바로 봐라, 괜히 무서워하지 마라, 갑자기 멈추지 마라, 핸들을 잡은 손에 힘을 너무 주지 마라, 자신을 믿고 계속 페달을 밟아라. 사모 딸은 자전거를 출발시켰다가 왝! 하고 이상한 비명을 지르며 자전거를 멈추길 반복했다. 사모가 그런 딸이 귀여워 죽겠다는 듯 연방 함박웃음을 지었다. 그늘에 양산까지 썼는데 눈이 부신 사람처럼 사모의 눈이 내내 반달 모양으로 휘었다. 저쪽에서 아버지가 크게 웃는 소리가 들렸다. 반지영은 세 사람을 번갈아 바라보며 손안에서 오렌지 과즙이 끈적하게 말라붙어 가는 것을 느꼈다. 아버지가 웃었다. 큰 소리로 웃었다. 사모 딸이 혀 짧은 소리로 아버지에게 절대 자전거를 놓으면 안 된다고 소리쳤다가 자전거가 넘어지면 제 쪽으로 달려오는 아버지에게 앙탈을 부렸다. 아버지는 사모 딸이 무슨 소리를 해도 얼굴 가득 웃음을 띠고 자전거 타기를 가르쳤다. 반지영이 보기에 아버지의 웃음은 진심이었다. 자꾸 웃는 세 사람은 그림 같은 5월 풍경에 보기 좋은 삼각형을 이루고 있었다. 오직 반지영만이 아름다운 그림에 잘못 묻은 얼룩 같았다.

어쩌다가 그렇게 되었는지는 정확히 기억나지 않았다. 어느 순간 사모와 사모 딸이 개울물에 발을 담그고 서로에게 가볍게 물을 끼얹으며 놀던 모습이 생각났다. 잔디밭에서 완만한 비탈을 내려가면 개울이었다. 사모가 딸을 데리고 물에 들어가 놀 때 분홍색 자전거는 비탈 위쪽에 세워져 있었다. 아버지는 수건을 가지러 자동차로 간 다음이라 그 장면에 없었다. 잔디밭에 홀로 남겨진 반지영이 자전거에 손을 댔던 걸까? 사모 딸의 분홍 자전거가 탐이 났을까? 뒤를 잡아 주는 아버지가 없어도 혼자 보조 바퀴 없는 두발자전거를 탈 수 있다고 속으로 허세를 부렸나? 자전거 핸들을 살짝 잡아 보았던 기억은 어렴풋이 떠올랐다. 손바닥이 오렌지 과즙 때문에 끈적이고 찝찝했던 것도. 그런데 기억이 토막 나고 어느 순간 자전거 혼자 비탈을 내려갔다. 가속이 붙은 자전거는 그대로 개울물에 처박혔다. 꺅. 비명은 사모가 질렀을까, 사모 딸이 질렀을까. 어쨌든 기억은 곧장 물에 빠진 분홍 자전거로 건너뛰었다. 사모 딸이 울부짖으며 물 밖으로 나왔고 사모가 딸을 따라 나왔다. 뒤늦게 나타난 아버지가 수건을 든 채로 개울물에 뛰어들어 허겁지겁 자전거를 건지려다가 균형을 잃고 물속에서 넘어졌다. 아버지도 자전거도 다시 물에 빠졌다. 사모 딸이 더 크게 울부짖으며 개울가에 벗어 둔 제 운동화를 아버지에게 던졌다. 아버지가 몸을 일으키더니 자전거와 사모 딸의 운동화 중 어느 것부터 건져야 하나 잠시 망설이는 순간을 반지영은 보았다. 아버지가 둥둥 떠내려가는 한쪽 운동화를 따라갔다. 다른 쪽 운동화는 자전거 옆에 가라앉았다.

아버지는 물속을 휘적휘적 걸어 운동화를 붙잡았고 다시 물을 거슬러 자전거 쪽으로 걸어왔다. 흠뻑 젖은 몸은 천근만근으로 무거워 보였다. 반지영은 자기도 모르게 부르르 떨며 물속에서 일렁이는 자전거와 운동화 한 짝을 바라보았다.

어린이날 나들이는 이렇게 망가졌다. 아버지는 젖은 옷을 갈아입지도 못하고 곧장 근처 도시의 백화점으로 차를 몰았다. 사모 딸은 차 안에서 내내 짜증을 부렸다. 사모는 웬일로 말이 없었다. 자동차 트렁크에는 수건으로 대충 물기를 닦아낸 자전거와 사모 딸의 운동화가 실려 있었다. 반지영은 트렁크에서 자전거가 서서히 녹슬어 가는 모습을 상상하며 멀미를 견뎠다. 백화점에 도착한 아버지는 반지영만 차에 남겨 두고 사모 딸을 업은 채 사모와 함께 백화점 안으로 들어갔다. 차만 가득한 백화점 지하 주차장은 서늘하고 축축했다. 가끔 쇼핑백을 든 사람들이 주차장으로 들어와 차를 타고 사라졌다. 트렁크 쪽에서 물비린내가 풍긴다고 생각했을 때 반지영은 조수석 바닥에 왈칵 토했다. 토사물에 반지영이 신중하게 골라 입에 넣은 닭튀김이 덩어리째 섞여 나와 역한 냄새를 풍겼다.

그날의 기억은 백화점 주차장에서 끝났지만 후속편은 또렷하게 기억난다. 몇 년이 지나 아버지가 또 사모 딸이 쓰던 물건을 한 보따리 얻어 왔을 때 반지영은 그 운동화를 정확히 알아보았다. 맑은 개울물에 분홍색 자전거와 함께 가라앉았던 보라색 스니커즈. 초등학교 고학년이 된 반지영은 아주 살짝 뒤틀린 보라색 스니커즈를 신고 학교에 갔고 아이들의 부러움 섞인 시선을 받았다. 그러나 신발을 신을 때마다 은근한 우쭐함과 함께 반드시 뒤따랐던 축축한 느낌도 견뎌야 했다.

반지영은 아버지가 '선물'이라고 써 놓은 쪽지를 바구니에 되돌려 놓고 자전거를 발견하지도 못한 것처럼 그대로 둔 채 집 밖으로 나갔다. 현관문 바깥쪽에 부녀회장이 붙여 놓고 간 게 분명한 전단이 보였다. 오늘 오후 3시 아파트 광장에서 항의 집회가 있다는 안내문이었다. 반지영은 전단도 발견하지 못한 것처럼 그대로 두고 엘리베이터 쪽으로 걸어갔다. 그때 어느 집에서 문 열리는 소리가 들리더니 저기요 하고 반지영을 불렀다. 옆집 여자였다. 간혹 지나가다 만나면 눈인사만 나누는 사이였을 뿐 어린아이를 키우는 주부라는 사실 말고는 아는 게 없었다. 여자가 우물쭈물하며 다가왔다.

저기, 이웃 사이에 이런 말씀 드리기 뭐한데요. 아무래도 아버님과는 말이 통하지 않아서요.

저희 아버지 말씀이세요?

예. 아버님이 저녁에 집에 혼자 계실 때요. 아버님 방하고 저희 방하고 붙어 있잖아요. 망치질 소리가 너무 크게 들려서 애기가 깜짝깜짝 놀라고 울어요.

망치질이요?

예, 아버님이 저녁마다 망치질을 심하게 하세요.

그럴 리가 없는데요. 저희 집에 못 박을 데도 없고요.

아뇨. 제가 참다 참다 찾아갔을 때도 현관문 안쪽에서 망치질 소리가 크게 들렸어요. 초인종을 눌렀을 때 망치질 소리가 멈췄고요. 그런데 아버님이 나와서는 망치질한 적 없다고 잡아떼시더라고요.

여자는 잡아뗐다는 표현을 스스럼없이 썼다.

정말로 한 적이 없으니까 그렇게 말한 건 아니고요?

반지영의 말에 여자가 화르르 달아오르는 게 보였다.

아버님이 집 안으로 들어가신 다음에 곧바로 망치질 소리가 시작되었어요! 제가 며칠 참았다가 도저히 못 참겠어서 다시 찾아가면 똑같이 반응하시고요. 정말 말이 통하지 않아요. 제가 오죽하면 따님 만나려고 기다리고 있었겠어요.

이러다가 학원에 지각하겠다 싶어 반지영은 일단 여자를 달래기로 했다.

제가 오늘 밤에 아버지 만나면 잘 말해 볼게요.

여자의 집 열어 둔 현관문 안쪽에서 아이 울음소리가 들렸다. 여자가 다급한 표정으로 반지영에게 당부하고 집으로 들어갔다.

꼭이요! 저희 애가 매일 경기하듯 울어요!

매일 저녁 망치질이라니 반지영은 조금도 이해가 되지 않았다. 집으로 돌아가 벽에 새로 못을 박은 자리라도 있나 살펴보고 싶었지만 학원 수업에 늦을 것 같아 서둘러 엘리베이터 앞으로 갔다. 복도식 아파트에는 엘리베이터 두 대가 나란히 있었고, 반지영의 집은 홀수 층이라 왼쪽 엘리베이터를 이용해야 했다. 그런데 왼쪽 엘리베이터에 점검 중이라는 신호가 떠 있었다. 반지영은 얼른 계단으로 한 층을 내려가 짝수 층 엘리베이터 버튼을 눌렀다. 곧 땡 소리와 함께 엘리베이터가 도착했다. 엘리베이터 안에는 관리실에서 붙인 공식 게시물과 주민들이 관리실의 허락을 받아 붙인 개인 게시물이 어지럽게 나붙어 있었다. 그중 거울 한복판에 붙은 '자전거 도둑 출몰!' 전단이 눈에 띄었다. 집에서 컬러 프린터로 인쇄한 것처럼 보이는 전단에 자전거 사진이 있었다. 아이가 자전거를 탄 사진이었는데 아이 얼굴은 토끼 얼굴 스티커로 가려져 있었다. 붉은 글씨로 인쇄한 위협적인 제목 아래 자전거를 사흘 전 도난당했고 아동용 흰색 자전거라는 설명이 붙어 있었다. 가끔 보는 종류의 게시물이었다. 반지영의 눈길을 끈 것은 전단 맨 아래에 참고 표시와 함께 덧붙인 문장이었다.

최근 우리 아파트 단지에 자전거를 도난당하는 일이 빈번히 일어나고 있습니다. 자전거 도둑이 활개를 치는 모양입니다. 잃어버린 자전거는 제 아이의 소중한 첫 자전거입니다. 반드시 찾아서 자전거 도둑을 엄벌에 처할 것입니다!

전단의 문장은 부녀회장이 붙이고 간 쓰레기 처리장 반대 전단만큼이나 비장했다. 사진 속 아이도 자전거도 처음 보는데 이상하게 가슴이 두근거렸다. 묘한 죄책감이 몰려왔다. 엘리베이터가 1층에 도착하고 땡 소리와 함께 문이 열렸지만 반지영은 한동안 전단에서 눈을 떼지 못했다.

∞

악몽은 왜 꾸는 걸까? 우리는 왜 자면서도 고통으로 가는 길을 자처할까?

악몽이란 기어이 오래전 고통으로 돌아가기 위해 제 손으로 뿌려 놓은 조약돌 같아. 어둠 속에서도 그 길은 희붐하게 빛나고 우리는 감은 눈을 하고도 기어이 고통을 향해 길을 떠나지.

빵 부스러기였다면 새들이 다 쪼아 먹었을 텐데.

나는 악몽이 두려워 밤새 눈을 부릅뜨고 버틴 적이 있어.

나는 미간에 커다란 눈 모양 스티커를 붙이고 잔 적이 있어. 악몽이 찾아왔다가도 내 세 번째 눈을 보고 화들짝 놀라 도망가라고.

효과가 있었어?

있었겠어?

(배를 잡고 눈물을 흘리며 웃는 곰 이모티콘)

꿈이 잠시 사라진 적이 있어.

언제?

이혼 직후 항우울제를 2년 정도 먹었거든. 수면약을 먹고 억지로 자면 뭔가 꿈을 꾼 기억은 나는데 내용은 하나도 기억나지 않는 굉장히 찝찝한 상태가 되더라. 꿈을 잃어버린 것 같달까. 어느 날 문득 깨달았어. 꿈을 잃으면 악몽도 사라지는구나. 그 무렵 유일하게 좋은 점이었어.

지금은 어때?

수면약을 끊고 한참 후에 꿈이 서서히 돌아오더라고. 당연히 악몽도 돌아왔지.

이마에 눈 대신 항우울제를 붙이고 잘까?

뭐래.

(콧방귀 뀌는 토끼 이모티콘)

꿈이 돌아오고 악몽도 돌아오면서 이상하게 삶이 돌아왔다고 느꼈어. 이제 약 없이도 밤을 건너갈 수 있겠구나. 그전에 밤은 죽음과 같았거든. 이건 메타포가 아니야. 정말로 밤의 한복판에 혼자 내던져진 기분이었고, 심장 떨림과 과호흡이 멈추지 않아서 이대로 죽겠구나 생각했어. 이대로 잠들어

다음 날에도 눈을 뜨고 싶지 않다 생각했으면서 잠이 오지 않고 몸만 불안에 떠니 또 죽을 것 같아 겁이 더럭 나더라고. 웃기지? 죽고 싶었으면서 정말로 죽을 것 같아 무서워 병원을 찾아가다니. 정신과 의사한테 그렇게 말했더니 조금 시큰둥한 말투로 그러더라. 그게 정상이 아니겠냐고. 사람이 죽고 싶다 죽고 싶다 주문을 외워도 막상 죽음이 닥치면 죽음으로부터 도망치고 싶어 안간힘을 쓰는 게 정상이라고. 자길 잘 찾아왔다고.

악몽이 돌아왔을 때 기분이 어땠어?

오면 반갑고 가면 더 반가운?

할머니 할아버지가 손주 왔다 가면 하는 말이잖아.

그런가? 난 자식이 없어서 잘 모르겠네.

앗, 미안.

미안 금지.

악몽은 제 손으로 뿌려 둔 조약돌 같다고 했잖아. 나는 조금 다르게 느꼈어.

어떻게?

잠은 잠깐의 죽음과 다름없는데 꿈이 있어 우리가 그 죽음의 허방에 빠지지 않고 무사히 삶 쪽으로 건너오는 거라고.

악몽이라도?

악몽이라도.

그럼 악몽은 조약돌이면서 닻이기도 하네?

고통으로 가는 길을 표시하는 조약돌. 삶에 드리운 닻.

그 무거운 닻은 얼마나 연약한 실로 묶여 있는지!

그래도 악몽이라도 꾸고 나면 생각해. 아, 나 살았구나. 살아났구나.

좋은 생각.

엄연한 생각.

(축포를 터뜨리는 고양이 이모티콘)

(엄지를 척 하고 드는 여자 이모티콘)

사실 꿈은 이야기잖아. 이렇게 인간은 자나 깨나 이야기에 기대고.

길 잃은 아이가 겁을 먹고 뿌려 둔 빵 부스러기도 이야기로 이루어졌고.

어른이 되어 집에 돌아가려고 빵 부스러기를 찾아보지만.

반은 새가 쪼아 먹고 반은 세월이 집어먹고.

집에 돌아갈 수 없어진 그 아이는.

집 대신 이야기를 짓지.

이야기를 지어 집으로 삼지.

마녀는 과자로 집을 짓고.

우리는 이야기로 집을 지어.

이 튼튼한 붉은 벽돌집이 네 집이냐?

아닙니다.

그럼 이 반포자이 63평이 네 집이냐?

아닙니다. 제 집은 창도 문도 없는데 바람이 숭숭 드나드는 종이 집입니다.

솔직하구나.

세 집 모두 주는 거 아냐?

무엄하구나. 그냥 원래 네 집으로 돌아가거라.

바람 드는 종이 집.

이야기는 종이 집으로 자란다.

우리는 종이 집으로 들어간다.

빵 부스러기를 따라.

조약돌을 따라.

삶 쪽에 닻을 내리고.

아이들이 어두운 곳에 가기를 두려워하듯 사람은 죽음을 두려워한다. 그리고 아이들의 그런 본능적인 두려움이 이야기로 인해 커지듯 죽음에 관한 두려움도 마찬가지다.

— 프랜시스 베이컨

저를 기록해 주세요.

우주는 분명히 이렇게 말했다. 우주가 '기록장'이라고 건넨 공책은 태지혜도 산부인과에서 받은 적 있는 '산모 수첩'이었다. 보통 '건강한 산모와 아기를 위한 산모 수첩' 정도의 제목이 붙고 표지에 아기와 엄마의 행복한 얼굴이 그려진, 첫 페이지에는 어김없이 처음 임신을 확인받은 날 찍은 태아 초음파 사진이 붙어 있기 마련인 소책자였다. 태지혜도 두 번의 임신 때 비슷한 수첩 첫 페이지에 태아 초음파 사진을 붙이고 가장 좋아하는 색깔 펜으로 임신을 확인받은 날짜와 그날 느낀 벅찬 감상을 깨알같이 적어 두었다. 서둘러 태명을 지으려고 골몰하던 흔적도 있었다. 유산 후에도 차마 버리지 못하고 서랍 깊숙한 곳에 간직했던 산모 수첩 두 개를 이혼 후 이사를 하면서 없앴다. 그냥 쓰레기봉투에 집어넣거나 재활용 쓰레기로 배출할 수도 없어서 커다란 알루미늄 깡통을 구해다가 한 장 한 장 찢어 천천히 태웠다. 초음파 사진들은 가장 나중에 태웠다. 밤하늘에 희붐하게 빛나는 작은 성운 같던 아기집이 불길에 먹혀들어 갈 때도 이를 악물었을 뿐 울지는 않았다. 이 문제와 관련해 태지혜는 이미 너무 많은 눈물을 흘렸다. 두 권의 산모 수첩을 없애는 데 몇 시간이 걸렸고 임신과 유산과 이혼에 관한 미련을 정리하는 데는 몇 년이 걸렸다. 깨끗이 정리했는가 하면 자신은 없었지만 그냥 그렇게 믿기로 했다. 그런데 전남편의 조카에 불과했던 아이가, 솔직히 길에서 정면으로 마주쳤더라도 알아보지 못했을 만큼 변해 버린 아이가 불쑥 찾아와 애써 가라앉힌 마음속 앙금을 순식간에 휘저어 놓았다.

지금을 잊고 싶지 않은데 제가 저를 기록할 자신은 없어요. 숙모가 해 주시면 좋겠어요.

우주는 이렇게 말하고 고개를 푹 숙이더니 한동안 움직이지 않았다. 조용히 조르는 법을 아는 아이였다. 태지혜는 몸에서 영혼만 쑥 빠져나와 이 부조리한 광경을 내려다보는 환영을 느꼈다. 아이는 머리를 조아리고 어른은 눈을 질끈 감고서 최대한 외면하고 있었다. 우주는 흔히 이민 가방이라고 부르는 대형 트렁크에 짐을 챙겨 왔다. 엄마인 성희는 아파트 주차장에 우주와 짐만 내려 주고 가 버렸다. 이해 못 할 선택을 한 딸도 그 선택을 받아 준 태지혜도 용서할 수 없다는 듯이 오랜만에 만난 태지혜를 제대로 보지도 않았다. 태지혜는 그런 성희가 어이없으면서 동시에 측은했다. 사실 당분간 우주를 맡아 달라고 먼저 부탁한 사람은 성희였다.

거짓말처럼 폭설이 내렸던 4월의 만우절에 우주는 태지혜를 찾아와 임신 사실을 고백하고 딱 1년만 함께 살게 해 달라고 부탁했다. 대체 무슨 소리인가 싶어 태지혜는 카페 창밖으로 무섭게 낙하하는 눈송이만 노려보았다. 어떤 확답도 못 하고 우주와 헤어져 집에 돌아와 어둠 속에 우두커니 앉아 있는데 성희에게서 전화가 왔다. 성희는 꽉 잠긴 목소리로 하소연인지 애원인지 원망인지 종잡을 수 없는 말들을 두서없이 늘어놓았다. 한 시간이 넘게 이어진 통화 내용을 간단히 정리해 보자면 우선 우주는 고2 때 사귄 남자 친구와 진작 헤어졌지만 그 아이와의 사이에 생긴 아기는 낳고 싶어 했다. 성희가 난생처음 뺨을 후려치며 제정신이냐고 악다구니를 쳤을 때도 우주는 눈물 한 방울 흘리지 않았다. 당장 산부인과에 가자는 성희와 학교에도 가지 않고 제 방에서 나오지 않는 우주가 일주일 넘게 대치하며 실랑이를 벌인 끝에 우주가 방에서 나와 상상도 못 한 제안을 했다. 엄마가 원하는 대로 임신 중단 수술을 받겠다. 그러나 학교를 더는 다니고 싶지 않으니 자퇴하고 검정고시와 대입 준비를 같이할 것이다. 당분간 이 집에서 가족과 함께 지내고 싶지도 않다. 성인이 되고 대학에 들어가면 자연스럽게 독립해야겠지만 지금은 미성년자라 그러지 못하니 당분간 믿을 수 있는 다른 어른과 함께 살고 싶다. 그 어른은 한때 외숙모였던 태지혜를 말했다. 엄마가 태지혜를 설득해 달라. 그리고 자신은 아직 미성년자고 부모는 부양의 의무가 있으므로 임신 중단 수술비와 태지혜에게 줄 하숙비, 자신의 용돈과 학원비를 지원해 달라.

완전 미친년 아니니? 지혜야, 내가 딸이 아니라 괴물을 낳

앉어. 미친년을 낳았어.

성희야말로 괴물이나 미친년에 가까운 기괴한 쇳소리로 중얼거렸다.

걔 속을 알 수가 없어. 왜 하필 너라니? 솔직히 우리가 너한테는 죄인 아니니? 오랜만에 네 앞에서 머리 조아리고 쩔쩔매라는 건가? 어린 게 어쩜 그렇게 영악하니? 어쩜 그리 아픈 데만 골라서 찔러 대니?

태지혜는 성희의 '아픈 데'가 어딜 말하는지 궁금했다. 우주가 골라 찌른 아픈 데가 성희에게 속하는지 태지혜에게 속하는지도. 성희가 '우리'라는 말로 이미 태지혜와 자신들 사이에 선을 그었고, 지금 우주가 그 선을 넘어오려 한다는 사실은 분명했다. 성희가 제 속으로 낳은 딸을 이해하지 못하는 것도 당연했다. 태지혜도 이해가 안 되었으니까. 우주는 왜 임신 중단이라는 중대한 '사건'을 걸고 제 엄마와 흥정을 벌이는 걸까. 왜 이토록 내밀한 문제에 이제는 남이 된 태지혜를 끌어들였을까? 그것도 임신과 관련해 영원한 상처를 입고 그 집안에서 떨어져 나온 태지혜를?

지혜야, 어쩜 좋으니? 나 완전히 망했다. 자식 농사 망했어!

성희는 정신 줄을 완전히 놓아 버린 사람처럼 울부짖었다. 태지혜는 귀에서 전화기를 살짝 떼고 거실 어둠 저편의 빈 벽을 응시했다. 오래전 결혼식 날 화동으로 나섰다가 울음을 터뜨리며 제 엄마에게 달려간 어린 우주가 떠올랐다. 그날 성희에게 느꼈던 종잡을 수 없는 미움과 질투도. 그날 새 신부 태지혜의 마음은 얼마나 흉하게 일그러졌던가. 그런데 태지혜가 탐냈던 아이가 15년이 흐른 지금 제 엄마를 버리고 영영 남이 된 태지혜에게 오겠단다. 삶은 얼마나 예측 불가한가. 태지혜는 제 마음 가장 깊숙한 곳에서 음험하게 웃는 어떤 얼굴을 얼핏 본 것도 같았다. 뽀얀 냄새를 풍기는 어여쁜 아이를 둘이나 낳은 성희가, 그러고도 자꾸 임신해 낙태를 하고 친정에 와 불행한 얼굴로 미역국을 떠먹었던 성희가 태지혜에게 우주를 부탁하고 있다! 그러나 그 조건이 우주의 임신 중단이라는 사실을 자각하고 음험한 얼굴은 비틀린 미소를 멈추었다. 태지혜는 제 속내가 넘봐서는 안 되는 것까지 넘볼까 봐, 자신이야말로 괴물이나 미친년이 될까 봐 서둘러 성희의 부탁을 받아들였다. 횡설수설 울부짖던 성희가 갑자기 조용해졌다. 한참 후 성희가 아주 작은 목소리로 말했다.

고맙다, 지혜야.

그리고 성희는 마지막으로 무너졌다. 통곡인지 비명인지 모를 소리가 전화기 너머에서 쏟아져 들어왔다. 태지혜는 성희의 소리를 고스란히 받아들이며 우주와 마주 앉아 밥을 먹는 장면을 상상했다. 한 여자의 가슴이 허물어질 때 또 한 여자의 가슴은 염치없게 설레고 말았다.

우주는 태지혜의 집에 들어오고 일주일 후 산부인과에 다녀왔다. 이번에도 성희는 주차장에서 우주와 태지혜를 태우고 병원에 갔다가 수술을 마치고 다시 주차장에 내려 주고 갔다. 우주가 수술 직후 회복실에 누워 마취가 풀리길 기다리는 동안 성희와 태지혜가 나란히 앉아 곁을 지켰다. 그동안 마음고생이 심했는지 성희는 폭삭 늙어 있었다. 성희는 한껏 메마른 얼굴에 어떤 감정도 싣지 않고 사무적으로 접수하고 사무적으로 대기하다가 우주가 수술실에 들어간 뒤에도 병원 벽만 물끄러미 보고 있었다. 회복실에서 나온 우주를 태지혜의 집에 데려다주는 동안에도 아무 말 하지 않았고 아파트 주차장에 도착해 우주와 태지혜가 차에서 내리는 동안에도 그저 앞만 보았다. 그런 성희가 여전히 우주에게 화가 나 있다거나 태지혜에게 간 일을 서운해하는 것처럼 보이지는 않았다. 그저 지쳐 보였다. 한 방울의 습기도 없이 메말라 붙은 것 같았다. 그 모습은 완전히 무너지지 않으려는 사람의 마지막 안간힘이라 위태롭고 처절해 보였다. 태지혜가 차에서 내리며 성희에게 말했다.

　　언니, 너무 걱정하지 말아요. 우주는 당분간 제가 잘 보살필게요.

　　성희가 고개를 살짝 돌려 태지혜를 보았다가 다시 앞으로 시선을 돌렸다. 우주 앞에서 무너지고 싶지 않은 결의가 느껴져 태지혜는 얼른 문을 닫았다. 성희는 곧바로 차를 출발시켜 주차장을 빠져나갔다.

수술 전날 밤 우주가 태지혜의 방문을 두드렸다. 우주는 어느 때보다 쭈뼛거리며 태지혜에게 다가왔다. 그리고 산모 수첩을 건넸다.

저를 기록해 주세요.

우주는 태아 초음파 사진이 딱 한 장 붙어 있는 산모 수첩을 태지혜에게 맡겼다. 그리고 다음 날 예정된 수술부터 이 집을 떠날 때까지 태지혜가 바라본 자기 모습을 기록해 달라고 했다.

매일은 아니고 그냥 띄엄띄엄이요. 숙모 시간 될 때 가끔.

태지혜는 다소 무리해 보이는 우주의 부탁을 거절하지 못했다. 태지혜에게도 쓰다 만 산모 수첩이 두 개나 있었으니까. 태지혜도 그 수첩을 끝까지 쓰는 상상을 해 본 적이 있다. 산모 수첩에 쓴 태교 일기가 자연스럽게 출산 일기와 육아 일기로 이어지길 바랐다. 그럴 수 있으리라 믿었다. 우주는 어땠을까? 겨우 열여덟 살 아이가 태교 일기나 육아 일기 같은 걸 쓰고 싶었을까? '겨우'라고 말했지만 우주는 사실 태지혜나 성희보다 속이 더 단단한 사람은 아닐까? 지금 태지혜는 우주에 관해 아는 게 하나도 없었다. 그래서 그냥 우주가 내민 수첩을 받았고 우주 말대로 띄엄띄엄 써 보겠다고 했다. 우주가 방 안을 둘러보다가 이제야 떠올랐다는 듯 책장에서 책을 꺼내 봐도 되냐고 물었다. 태지혜는 맘껏 보라고 했고 필요한 책이 있으면 언제든지 말하라고도 했다. 우주가 고개를 두 번 끄덕이고 제 방으로 돌아갔다. 태지혜는 우주가 서 있던 자리를 망연히 바라보다 문득 자신이 어린 우주에게 책을 읽어 준 적이 있던가 궁금해졌다. 성우의 본가에 갈 때마다 우주와 놀았지만 책을 읽어 준 기억은 없었다. 성우도 몸으로 요란하게 놀아 주거나 장난감을 가지고 논 적은 있어도 책을 읽어 준 것 같지는 않았다. 우주는 어린 시절 어떤 책을 읽으며 자랐을까? 태지혜가 이혼하기 전 성희는 아이들 육아와 교육을 친정 엄마에게 전적으로 맡기는 눈치였다. 그런데 성우의 본가에서 아이들 책을 본 기억이 없었다. 우주는 책을 좋아하는 아이였을까? 갑자기 가슴 한쪽이 몹시 아려 오는데 그 이유를 알 수가 없어서 스스로도 당혹스러웠다. 태지혜는 이혼 직전 퇴사할 때까지 어린이책 편집자로 일했다. 특히 그림책과 동화책 전집 작업을 여럿 맡았었다. 이혼 이야기가 오갈 때 한차례 공황이 크게 찾아와 출퇴근이 불가능해졌고 퇴사와 이혼을 거치고 상태가 조금 나아진 다음에는 프리랜서 외주 편집자로 일했다. 태지혜의 아파트 곳곳에는 책이 많았다. 거실 한쪽 벽에 짜 넣은 대형 책장 바닥 칸에 퇴사 전까지 작업한 옛이야기 그림책과 세계 동화 전집이 번호 순서대로 꽂혀 있었다. 태지혜는 어린이책을 나중에 내 아이가 생기면 꼭 읽어 주리라는 마음으로 만들었다. 그림책을 만들 때는 이야기에 어울리는 그림 작가와 글 작가를 찾아 매칭하는 일에 신경을 썼고, 모든 이야기의 원형을 파고 들어가 현대 아이들에게 좋은 영향을 끼칠 이야기로 개작하려고 노력했다. 작가 중에는 아이들 보는 그림책을 무슨 고급 예술 작품 만들 듯이 하느냐고 불평하는 사람도 있었지만 태지혜는 아이들이 보는 책이라서 어느 예술 작품보다 신중하게 만들어야 한다고 믿었다. 그리고 그 믿음은 '내 아이가 읽을 책'이라는 내밀한 수식어 때문에 한층 더 공고해졌다. 당시 태지혜는 왜 우주에게 자신이 만든 책을 선물하지 않았을까? 우주가 '내 아이'가 아니라서? 성희나 성우 어머니가 한 다리 건넌 외숙모가 아이 교육에 웬 참견이냐고 생각할까 봐? 아릿해진 마음은 자꾸만 과거로, 후회로 내달렸다. 난임 시술을 받을 때 태지혜는 온통 미래만 생각했다. 내 아이가 읽을 책. 내 아이가 먹을 음식. 내 아이가 입을 옷. 내 아이가 숨 쉴 공기. 내 아이가 뛰어놀 대지. 태지혜의 미래는 거대하게 부풀어 태지혜의 숨구멍을 막고 있었다. 그리고 삶을 한차례 크게 뒤흔들어 놓고 어느 순간 기포가 되어 흩어졌다. 태지혜에게 미래가 사라졌다. 태지혜는 과거도 미래도 버리기로 했다. 오직 현재만 보기로 했다. 그런데 태지혜의 현재엔 커다란 구멍 말고는 아무

것도 없었다. 이제 태지혜의 현재에 우주가 들어왔다. 우주가 건넨 산모 수첩이 있었다. 태지혜는 당분간 우주를 돌보고 우주를 기록해야 했다. 그것이 태지혜의 현재였다.

 수술을 받고 온 우주를 침대에 눕히고 나온 태지혜는 미리 주문해 둔 미역을 꺼내 국을 끓이기로 했다. 마른미역을 넉넉히 잘라 물에 불렸다. 냉동실에서 국거리용 소고기를 꺼내 놓고 쌀을 씻어 밥을 안쳤다. 반찬은 짜지 않은 백김치와 달걀말이를 할 생각이었다. 그때 앞치마 주머니에서 휴대폰 알림음이 들려왔다. 성희가 문자메시지를 보냈다.

 우주 고기 못 먹어. 미역국은 그냥 맑게 끓여 줘.

 태지혜는 성희가 보낸 문자를 물끄러미 보았다. 문자를 입력 중이라는 표시가 물결쳤다. 잠시 후 두 번째 문자메시지가 도착했다.

 계좌번호 알려 줘. 하숙비라고 생각하고.

 태지혜는 답장을 보내지 않았다. 성희가 또 문자를 입력 중이라는 표시가 떴다. 말을 고르는지 한참 그 상태더니 마침내 마지막 문자가 도착했다.

 미안해, 지혜야.

 성희는 무엇이 미안할까? 계좌번호가? 하숙비라는 무례한 말이? 우주가? 성희는 어떤 말을 썼다가 지웠을까? 고맙다는 말? 완전 미친년이야! 얼마 전 통화에서 성희가 쏟아 낸 악다구니가 떠올랐다. 태지혜는 손에 물기를 닦고 답장을 보냈다.

예, 언니.

답은 간단할수록 좋았다. 말이 길어지면 본심을 들킬지도 모르니까. 태지혜의 음험한 마음이 드러나면 성희만 아니라 우주까지 돌이킬 수 없는 상처를 입을 것이다. 태지혜는 휴대폰을 주머니에 넣고 국거리용 소고기도 다시 냉동실에 집어넣었다. 맑은 미역국과 보드라운 쌀밥. 우주를 위한 밥상도 간단할수록 좋을 것이다. 달군 냄비에 불린 미역을 볶으며 태지혜는 회복실에 누워 있던 해쓱한 우주의 얼굴을 떠올렸다. 그때 태지혜는 우주가 이대로 깨어나지 못할까 봐 더럭 겁이 났다. 마취가 풀리고 우주가 이마를 찌푸리며 고통스러운 신음을 뱉었을 때야 비로소 마음을 놓았다. 오래전 눈구덩이 속에서 잠든 우주를 발견했을 때가 떠올랐다. 살갗이 핏줄이 비쳐 보일 정도로 투명했다. 어린 우주는 눈 속에 얼어붙은 유리 인형 같았다. 미동도 없이 잠들어 있었지만 금방이라도 쩍 갈라질 것처럼 위태로워 보였다. 태지혜는 당장 우주를 흔들어 깨우고 싶은 충동과 이대로 잠든 우주를 안아 들고 멀리 달아나고 싶은 충동을 동시에 느꼈다. 죽음 쪽이든 성희의 품이든 태지혜는 그때도 지금도 우주를 잃고 싶지 않았다.

우주는 밥을 반 넘게 남겼다. 입맛이 전혀 없다고 했다. 약을 먹어야 하니 조금이라도 먹으라고 몇 번 채근해서야 겨우 몇 숟갈 떠서 미역국에 말아 먹었다. 먹었다기보다는 입에 넣고 삼켰다. 우주가 숟가락을 내려놓고 컵을 들어 물을 마셨다. 그리고 식탁 위에 올려놓은 약을 한 봉지 꺼내 입에 털어 넣었다.

저 좀 더 잘게요. 계속 졸려요.

우주는 천천히 일어나 제 방으로 돌아갔다. 휘청거리는 뒷모습을 보면서 태지혜는 우주가 아무리 어려도 이런 일에 완전히 무지하지는 않았을 거라는 생각이 들었다. 오래전 성희가 수술을 받고 친정에 와 누웠을 때 성우 어머니는 미역국을 끓여 딸에게 먹였다. 그때 말없이 텔레비전을 보던 우주가 방 안에서 따로 상을 받아 밥을 먹고 다시 자리에 눕는 제 엄마 쪽을 예민하게 살피는 모습을 태지혜는 본 기억이 있다. 우주는 아주 어렸을 때부터 주변 분위기에 민감했고 무슨 일이 벌어지고 있는지 다 아는 듯한 눈빛이었다. 실제로 태지혜는 시가 식구 중 우주가 제일 무섭다는 농담을 성우에게 건넨 적도 있다. 나도 걔가 무서워! 인생 3회 차는 되는 거 같아. 성우도 요란하게 맞장구쳤다. 지금 태지혜가 끓인 미역국을 먹고 침대로 돌아간 우주도 모든 걸 다 알고 있을까? 아니면 좋겠다고 태지혜는 생각했다. 지금은 우주가 아무 생각 없이 먹고 자면 좋겠다고. 과거도 미래도 없이 오직 현재에 머무르면 좋겠다고.

설거지를 마치고 태지혜는 방으로 돌아와 책상 앞에 앉았다. 교정지 더미 아래 산모 수첩이 있다는 걸 알았다. 일부러 거기 두었다. 서랍 속에 넣어 두면 영영 꺼내지 못할 것 같았고 책상 위에 버젓이 두기엔 볼 때마다 심장이 내려앉을 것 같았다. 그래서 일부러 교정지 더미 아래에 놓아두었다. 우주의 산모 수첩은 태지혜의 일기장이 되었다. 태지혜는 산모 수첩의 존재를 외면하면서 애써 교정지에 집중했다. 교정지를 세 장도 못 넘기고 결국 수첩을 꺼냈다. 첫 페이지에 붙은 태아 초음파 사진을 자세히 보지 않으려고 애쓰며 한 장을 더 넘겼다. 첫머리에 오늘의 날짜를 또박또박 기록했다. 평소 교정 작업을 할 때 쓰는 진한심 연필로. 교정지에 닿으면 사각사각 소리를 내는 연필이 두껍고 미끄러운 산모 수첩 위에서는 아무 소리도 내지 않았다. 날짜를 쓰고 나서 다음 줄에 연필심을 옮겼다. 첫 기록은 무슨 말을 쓰는 게 좋을까? 내가 본 오늘의 우주는 어땠던가? 긴장한 얼굴로 산부인과 대기실에 앉아 있던 우주. 해쓱한 얼굴로 회복실에 누워 있던 우주. 구역질을 참으며 억지로 미역국을 떠 넣던 우주. 자꾸 휘청거리던 우주. 모든 걸 다 기록해야 할까? 우주가 바란 기록이란 그런 것이었을까? 눈구덩이에 웅크리고 잠든 투명한 우주의 얼굴도 떠올랐다. 태지혜는 앞다퉈 몰려오는 그 모든 우주를 떨쳐 내려는 듯 눈을 질끈 감았다 떴다. 그리고 썼다.

우주가 왔다. 우주는 집 우(宇)에 집 주(宙), 집 자체다. 온통 집인 아이가 내 집에 왔다.

∞

그것을 집이라고 부를 수 있을까? 그저 방이 아닌가? 송기주는 시오의 원룸을 찬찬히 둘러보며 생각했다. 고작 이런 공간을 차지하고 싶어 시오는 일부러 경기도 서북부의 집에서 가장 먼 서울의 대학을 선택한 게 아닐까? 수시 전형에 모두 떨어지고 정시로 대입에 도전하게 되었을 때 시오는 성적보다 학교 위치에 더 신경을 쓰는 것처럼 보였다. 어유, 우리 딸 그렇게 빨리 집에서 나가고 싶어? 남편 지철이 농담 섞인 핀잔을 주었을 때도 그저 입술을 삐죽이며 가볍게 눈을 흘길 뿐이었다. 그때 송기주는 입학할 학교가 아무리 멀어도 기숙사에 들어갈 수 없게 되면 집에서 통학해야 한다고 못을 박았었다. 시오는 그런 송기주에게 어깨를 으쓱하는 걸로 대답을 대신했다. 마지못한 동의의 뜻인 줄 알았던 그 동작이 사실은 무시였다는 걸 뒤늦게 깨달았다. 시오는 정말로 집에서 꽤 먼 곳의 대학에 들어갔다. 대학도 전공도 가족 모두 만족할 만한

결과라 합격 발표를 들은 직후에는 다 같이 흡족해했다. 기숙사 입주 지원에 탈락한 다음 시오가 자취하겠다고 선언하면서 갈등이 시작되었다. 수시 전형에 다 떨어졌을 때는 시오가 문을 걸어 잠그고 먹지도 나오지도 않더니 이제 송기주가 식음을 전폐하고 드러누웠다. 송기주는 여학생 혼자 사는 자취방에 관해 떠도는 온갖 추잡한 농담을 알았다. 할머니가 세상을 떠나고 그 집에서 남은 대학 생활을 마무리할 때까지 송기주 역시 비슷한 농담의 대상이 되기도 했다. 지철과 동아리 커플인데도 성희롱과 다름없는 농담에서 완전히 자유롭지 못했다. 만약 지철이 없었다면 더한 일을 당했을 수도 있었다. 생각이 그쪽으로 번지자 송기주는 더욱 시오의 자취를 허락할 수 없었다. 기숙사 입주에 실패한 날부터 입학식 전날까지 송기주와 시오는 눈만 뜨면 그 문제로 다퉜다. 시오는 송기주의 걱정을 기우라고 비난했다. 또 성폭력은 집에서 학교까지 긴 시간 타야 하는 지하철과 버스 안에서 더 자주 일어난다고 맞섰다. 무엇보다 왜 성폭력 문제를 여자 쪽에서 무조건 몸을 사리고 방어하는 방식으로 대처해야 하느냐고 따져 물었을 때는 송기주도 딱히 대꾸할 말이 없었다. 시오의 말은 틀리지 않았다. 잠재적 가해자는 어디에나 널려 있기 마련이고 일일이 무서워하며 피해 다닐 수만은 없었다. 안전이라는 말 자체에 문제가 많다는 것도 알았다. 송기주가 처음 대학에 들어갔을 때 할머니가 감격의 눈물을 흘리면서도 곧바로 강조했던 말이 떠올랐다.

기주야, 첫째는 연애, 둘째는 데모, 이 두 가지는 절대로 안 된다?

송기주가 대학에 들어갔을 때 학생운동이 이전 세대에 비해 활발하지는 않았지만 그래도 데모보다 연애가 더 중대한 금기 사항이라는 할머니 말에 송기주는 어처구니가 없었다. 그런데 지금 송기주가 딸 시오의 눈에는 오래전 할머니만큼이나 어이없게 굴고 있었다. 어쩌면 송기주는 자취하는 여대생이 겪을 수 있는 추잡한 희롱보다 제 눈길이 닿지 않는 곳에서 딸이 저지를 어떤 '짓'들을 더 두려워하는지도 몰랐다. 자신의 모순조차 송기주는 잘 알았다. 잘 알아서 더 기를 쓰고 반대했다. 시오가 대중교통 이용 시 발생하는 성추행의 빈도에 대해 말하자 송기주는 자동차를 사 줄 테니 운전면허를 따라고 맞섰다. 시오가 신입생이 무슨 자동차며 미숙한 운전으로 인한 안전 문제는 안중에도 없느냐고 맞섰다. 송기주는 다급해졌다. 급기야 서울 시내에 비교적 안전한 원룸을 얻으려면 돈이 얼마나 드는지 아냐고 조금 치사하게 나왔다. 그런 송기주의 반박을 충분히 예상했다는 듯 시오는 통장 몇 개를 들고 왔다. 통장과 여권 등 중요 서류를 넣어 두는 서랍을 뒤진 모양이었다. 시오의 명의로 된 통장이 몇 개 있었다. 아기 때부터 붓기 시작한 보험이 있고, 친척들이 명절마다 주는 용돈과 세뱃돈 등을 한 푼도 쓰지 않고 차곡차곡 모은 자유적금통장에도 꽤 많은 돈이 들어 있었다. 또 시오의 대학 등록금에 보태려고 일찍부터 지철의 월급 통장에서 자동이체로 연결해 놓은 교육보험 액수가 꽤 되었다. 마지막으로 전업주부 생활을 오래 했던 송기주가 가끔 아르바이트를 하고 받은 돈들을 비상금 삼아 모두 시오 명의의 통장에 넣어 두었다. 시오는 제 이름으로 된 통장을 빠짐없이 찾아와(그중에는 청약통장도 있었다.) 송기주 앞에 내밀었다.

이걸로 원룸 보증금을 하고 엄마 아빠는 월세만 내 줘. 생활비는 내가 아르바이트해서 벌게.

송기주는 시오의 뺨을 후려치는 상상을 하며 그 상상이 현실이 되지 않게 오른손에 힘을 꽉 주어 버텼다.

안 된다면 어쩔 건데?

송기주의 목소리가 바르르 떨렸다. 이미 진 싸움이라는 열패감이 몰려왔다. 시오도 전세를 파악한 듯 한껏 너그러운 말투로 대답했다.

공부 열심히 해서 꼭 장학금 받을게요. 또 1학기 동안 별일 없으면 주말마다 집에 올게요.

결국 지철이 원룸 보증금을 마련하고 시오 명의의 통장은 미래를 위해 다시 서랍으로 돌아갔다. 월세도 지철의 월급 통장에서 자동이체로 빠져나가게 했고 용돈은 시오 말대로 스스로 알아서 하게 했다. 하지만 송기주는 집에 혼자 있을 때마다 구직 사이트를 들락거리며 일자리를 찾았다. 시오의 보증금과 월세를 척척 해결하는 지철과 그 옆에서 "아빠 최고!"를 연발하며 모처럼 애교를 떠는 시오를 보면서 송기주는 처음으로 깊은 모멸감을 느꼈다. 스스로 논리에 맞지 않는 생각이라고 여기면서도 시오의 용돈만은 어떻게든 제 손으로 감당하고 싶었다.

 방을 늦게 구하는 바람에 시오는 1학기가 시작되고 한 달 만에 원룸에 입주했다. 그 한 달 동안 거의 모든 주말 세 식구가 학교 근처에 집을 보러 다녔다. 알맞은 집을 찾고서는 집을 꾸미고 정돈하는 데 또 시간이 걸렸다. 주말마다 집에 오기로 했으니 시오 방은 그대로 두고 원룸에 들어갈 가구를 따로 장만해야 했다. 가구와 가전이 빌트인인 집이었지만 매트리스와 책상, 소가구는 직접 마련해야 했다. 송기주는 신혼집을 꾸밀 때보다 더 신경 써서 딸의 자취방을 꾸몄다. 커튼을 사다 달고 작은 러그를 사다 깔면서 자신이 왜 그러는지 알 수 없어 혼란스러웠다. 마침내 방을 다 꾸미고 토요일에 지철의 차에 짐을 싣고 원룸으로 옮겼다. 책과 한 계절 입을 옷가지들, 간단히 끼니를 해결할 수 있는 주방용품들이었다. 짐이 얼마 안 돼 정리가 금세 끝났다. 시오가 홀가분한 얼굴로 침대에 앉아 매트리스를 굴러 보며 말했다.

오늘부터 독립 1일!

독립 같은 소리 하네. 부모의 피, 땀, 눈물로 만든 집 주제에. 송기주는 그런 생각이 입 밖으로 나오지 않게 이를 악물었다. 그리고 시오가 반기지 않을 말들만 골라 마지막 인사를 대신했다.

문단속 잘하고 자. 창문도 잊지 말고 닫아걸고. 무슨 일 있으면 곧바로 전화하고. 너무 늦게 다니지도 말고.

시오가 얼굴을 확 찌푸렸지만 별 대꾸는 하지 않았다.

시오를 원룸에 놔두고 집으로 돌아오는 길에 송기주는 차 안에서 내내 울었다. 원룸을 나서기 전 현관에 서서 마지막으로 둘러보는데 갑자기 노여움이 치솟았다. 고작 이 방 한 칸을 차지하겠다고 부모 가슴에 칼을 꽂았어? 집이라고 부를 수도 없는 이 초라한 공간을 위해? 송기주는 화가 나서 울었다. 서러워서 울었다. 운전석의 지철이 한숨을 푹 쉬며 말했다.

너 벌써부터 이러면 나중에 시오 시집은 어떻게 보내려고 그러냐?

지철의 말투에 미세한 짜증이 묻어났다.

한창 혼자 있고 싶은 나이잖아. 너도 그랬고.

그 말이 송기주의 버튼을 눌렀다.

내가? 당신이 뭘 알아? 나는 저 나이 때 할머니 없이 혼자

남을까 봐 매일매일 무서웠어!

지철이 조수석의 송기주를 흘낏 돌아보았다. 곧 익숙한 말이 들려왔다.

미안해.

상습적인 사과였다. 지철은 송기주가 동요할 때마다 무조건 사과했다. 지철은 모를 것이다. 언제부턴가 송기주가 지철에게서 제 마음을 온전히 이해받기를 깨끗이 포기해 버렸다는 사실을. 언제나 겁 많은 아내가 대견했던 이 남자는, 스스로 딸 바보임을 자랑스러워할 뿐인 이 남자는 딸이 눈앞에서 사라지는 순간 곧바로 죽음의 공포를 떠올리는 엄마의 마음을 조금도 이해하지 못할 것이다. 딸이 잘못되는 순간 엄마도 죽는다는 이 이중의 죽음에 관해 설명해 줘도 모를 것이다. 떠먹여 줘도 모를 것이다. 송기주의 분노가 지철에게로 향했다. 당장 차 문을 열고 인도도 없는 자동차 전용 도로 한복판으로 뛰어들고 싶었다. 지철이 한껏 억누른, 그러나 짜증을 완전히 숨기지는 못한 어조로 말했다.

그만큼 우리 딸이 결핍 없이 자랐다고 생각하자. 적어도 우리보다는 나은 어른이 되어 가고 있다고.

시오가 초등학교 1학년이 되었을 때 가정통신문과 함께 아이의 장래 희망에 관해 묻는 설문지가 왔다. 장래 희망을 주제로 학부모 참관수업을 진행하는데 설문지에 아이가 바라는 직업, 아빠가 바라는 직업, 엄마가 바라는 직업과 그 이유 등을 미리 써 오게 했다. 유치원에서도 비슷한 수업을 한 적이 있었다. 그때 아이들은 로봇이나 소방차가 되고 싶은 나이라 부모들도 선생님들도 재미있고 흐뭇한 재롱 잔치 수준으로 수업을 지켜보았다. 그런데 아이가 초등학생이 되자 아직 어린 나이인데도 장래 희망 직업을 생각하니 막막했다. 시오는 유치원 시절 재롱 잔치 때마다 무대에 올라가지 않겠다고 울고불고했던 아이치곤 의외로 장래 희망에 '아이돌'이라고 썼다. 송기주는 그런 변화가 놀라웠을 뿐 자신이 시오의 미래에 관해 어떤 희망을 품고 있는지는 한 글자도 떠오르지 않았다. 결국 빈칸으로 설문지를 보냈다. 학부모 참관수업 당일 송기주는 반차를 낸 지철과 함께 시오의 초등학교 교실로 향했다. 얼굴에 긴장이 역력한 학부모들이 1학년 교실 뒤쪽을 가득 채웠다. 아빠도 제법 많았고 할머니 할아버지도 보였다. 아이들이 장래 희망을 발표할 때마다 학부모들 사이에서 잔잔한 웃음이 번졌다. 시오 차례가 되자 지철이 유치원 재롱 잔치 때처럼 휴대폰을 꺼내 동영상 촬영을 시작했다. 시오가 야무진 목소리로 장래 희망을 발표했다.

저는 소녀시대 언니들처럼 멋진 아이돌이 되고 싶어요. 태연 언니처럼 노래도 잘하고 수영 언니처럼 키도 크고 효연 언니처럼 춤도 잘 추는 아이돌이 되어서 케이팝을 널리널리 알리고 싶습니다.

그러더니 교탁 옆으로 나가 팔다리를 크게 휘두르며 노래 한 소절을 불렀다.

소원을 말해 봐!

학부모들이 와하하하 웃으며 박수를 쳤다. 지철이 가장 큰 소리로 웃었다. 담임선생님이 흐뭇하게 웃으면서 시오 옆으로 다가와 말했다.

참고로 우리 시오 아버님은 시오의 장래 희망 직업으로 탐험가를 적어 주셨네요.

학부모들 사이에서 와아아 하는 함성이 번졌다. 지철이 학부모들을 향해 장난스럽게 고개를 숙여 인사했다.

시오가 아버님을 닮았나 봐요. 도전 정신이 뛰어납니다! 어머님은 희망 직업을 빈칸으로 보내셨네요. 시오가 어떤 직업을 선택하든 적극 지지하고 응원한다는 뜻이겠지요? 정말 훌륭한 가족입니다.

정년퇴직을 얼마 남기지 않은 교사는 수십 번 공연한 연극 대본을 외우듯 유려하게 말했다. 시오가 아이들과 학부모들의 박수를 받으며 제자리로 돌아갔다. 지철이 동영상 촬영을 마치고 코트 주머니에 휴대폰을 넣으며 송기주를 보고 한쪽 눈을 찡긋했다. 송기주는 사람들 앞에서 아이돌의 춤을 그럴싸하게 흉내 내는 시오도 딸의 희망 직업을 탐험가라고 멋들어지게 써낼 줄 아는 남편도 한없이 낯설었다. 저들은 내가 아는 가족이 맞는가? 이지철과 이시오. 나와 성이 다른 사람들. 성격도 다른 사람들. 송기주는 전날 늦게까지 바라만 보다가 끝내 채우지 못한 빈칸을 떠올렸다. 그 빈칸이 얼마나 막막하게 자신을 바라보고 있었는지도. 그날 집에 돌아온 시오는 엄마는 딸의 장래에 관심이 없느냐고 화를 내다 울음을 터뜨렸다. 지철이 시오를 달래며 특별히 패밀리 레스토랑에 가자고 말했다. 두 사람이 소란스럽게 애정을 확인하는 동안 송기주는 밀쳐 둔 아침 설거지를 하며 그 빈칸을 떠올렸다. 그리고 깨달았다. 시오의 말이 맞았다고. 송기주는 오직 시오의 현재에만 몰두하느라 시오의 과거도 미래도 곰곰이 생각해 본 적이 없었다고. 송기주는 오직 시오의 현재를 지키기 위해 모든 것을 소모하고 있었다. 그런데 탐험가라니. 속 편한 소리 하고 있네. 여자애가 어떻게 탐험을 한단 말인가. 누군 탐험 같은 걸 꿈꿔 본 적이 없는 줄 알아? 송기주는 요란하게 그릇을 부딪치며 설거지했다. 자신에게 온갖 짜증을 부린 시오도, 속 편한 말로 사람들의 박수와 함성을 받은 지철도 미웠다. 송기주도 한때는 우주 비행사가 꿈인 시절이 있었다. 외교관을 꿈꿀 때도 있었다. 밖으로 나가고 싶었다. 집 밖으로. 세상 밖으로. 가능한 한 낯선 곳으로. 그 꿈이 언제부터 왜 사라졌는지는 기억나지 않았다. 잃어버린 줄도 모르고 잃어버린 꿈을 생각하다 송기주의 손이 미끄러졌다. 시오가 가장 아끼는 미피 그림 우유컵이 떨어져 박살 났다. 거실에서 그 모습을 본 시오가 비명을 질렀다. 송기주는 허겁지겁 유리 조각을 치우다 기어이 피를 보았다. 시오가 더 크게 비명을 질렀다. 지철이 그런 시오를 덥석 안고 안방으로 들어갔다. 송기주는 주방 바닥에 뚝뚝 떨어지는 피를 보면서 모처럼 마음이 가라앉았다. 거짓말처럼 미움이 사라졌다. 송기주는 흐르는 물에 피를 씻으며 중얼거렸다. 탐험 같은 소리 하네.

엄마, 모험이 뭐야?

시오가 이렇게 물은 게 다섯 살이었던가, 여섯 살이었던가? 송기주는 큰맘 먹고 새로 나온 옛이야기 그림책과 세계 동화 전집을 집에 들였다.

이야기의 원형을 시대 변화에 맞게 새로이 다듬어 아이들에게 꿈과 모험심을 심어 주는 그림책을 만들고 싶었습니다.

출판사의 홍보 문장이 마음에 들었고 글과 그림의 성의 있는 매칭도 좋아 보였다. 평소 아이 책은 전집보다 가까운 공공 도서관에서 함께 골라 읽는 쪽을 선호했는데 이 전집들은 어쩐지 집에 들이고 오래오래 읽어 주고 싶었다. 시오도 좋아하는 눈치였다. 아침에 일어나자마자 유치원에 가기 전까지 몇 권을 꺼내 와 읽었고 밤에도 대여섯 권은 내리읽어 줘야 겨우 잠들었다. 그 무렵 송기주는 시오에게 책을 읽어 주느라 밤마다 목이 잠겼다. 시오가 한글을 뗀 후에는 송기주가 살림하느라 바쁠 때면 혼자서도 그림책을 띄엄띄엄 읽기도 했다. 그날은 무슨 책을 혼자 읽었는지 싱크대 앞에서 저녁을 준비하느라 바쁜 송기주에게 모험이 뭐냐고 물었다. 글쎄, 모험이란 무엇일까? 모험심을 잃은 지 오래된 송기주가 망설이다 겨우 말했다.

재주 많은 다섯 형제 생각나지? 형제가 왜 집을 떠났지?

시오가 고개를 갸우뚱하며 잠시 생각하다 말했다.

세상을 구경하려고!

그랬지? 반쪽이는 왜 집을 떠났지?

세상을 구경하려고!

그래. 집을 떠나 세상을 구경하고 사람들을 만나고 무슨 일이 생기면 해결하는 게 모험이야.

해결이 뭐야?

도망치지 않는 거?

용감한 거야?

응, 용감한 거야. 그게 모험이야.

시오가 잠시 생각하다 말했다.

나도 세상을 구경하러 갈래!

다섯 살 시오가 세상을 구경하러 가겠다는 말에 송기주의 가슴이 내려앉았다. 제 손으로 사 준 옛이야기 그림책을 보고 한 말인데, 모험심을 키워 준다는 홍보 문구가 마음에 들어 그 책을 골랐는데도 그랬다. 세상을 구경하려면 우선 집을 떠나야 할 테니까. 시오가 없는 집에 홀로 남은 늙은 자신이 떠올랐다. 그날 내려앉은 가슴이 완전히 멈추지 않은 것은 다섯 살 시오에게 집을 떠날 시간은 아직 멀었다고 생각했기 때문이었다. 하지만 시간은 무섭도록 빠르게 지나갔다. 그리고 대학생이 된 시오는 정말로 집을 떠났다. 송기주는 오래전 모험이란 집을 떠나는 일이고 도망치지 않는 용감한 일이라고 시오에게 말했던 입을 찢어 버리고 싶었다. 자취방에 시오만 남겨 두고 집으로 돌아온 날 송기주는 유난히 횡뎅그렁해 보이는 시오의 방을 들여다보고 마지막으로 깨달았다. 시오가 송기주의 집이었다. 시오는 엄마의 집이어야 하는 게 싫어 작정하고 도망쳤다. 마흔이 훌쩍 넘은 송기주는 별안간 집 없는 아이가 되어 버렸다.

∞

반지영에게 집이란 오롯이 혼자 누릴 수 있는 공간이어야 했다. 엄마가 결국 호스피스 병동으로 떠나기 전까지 서울 북동부 변두리의 오래된 주택은 사실상 엄마의 공간이었다. 명의는 아버지 앞으로 되어 있었지만 그 집에 아버지가 머문 시간은 절대적으로 적었다. 아버지는 언제나 사모의 집에 속한 사람이었다. 만약 그 집에 가정부 방처럼 기사 방이 따로 있었다면 아버지는 버스나 택시를 타고 매일 출퇴근하는 번거로운 짓은 하지 않았을 것이다. 아버지는 사모를 모시고 차를 몰고 나갈 일이 없어도 그 집 안팎을 쓸고 닦았다. 오래된 구옥은 엄마가 평생 돌봤다. 건평도 시멘트 마당도 좁은 집에서 세 딸을 먹이고 입히고 가르쳤다. 골목에 도시가스가 들어오기 전까지 연탄을 때는 집이었다. 지붕에서 자주 물이 새고 하수구가 막혔다. 소위 남자의 손이 필요할 때마다 집 안의 유일한 남자였던 아버지는 사모의 집에 가 있었다. 엄마는 큰일은 동네 설비업자에게 맡겼지만 자잘한 일은 직접 손봤다. 반지영이 대학에 다닐 무렵 엄마는 깨진 타일 정도는 쉽게 교체하고 간단한 배관 문제도 직접 해결하는 기술자가 되어 있었다. 50대에 들어선 엄마가 바라는 건 단 하나, 동네가 재개발이 되어 안락한 아파트에서 말년을 보내는 것뿐이었다. 그러나 재개발 논의가 본격화하기도 전에 엄마는 말기 암을 선고받았다. 지난한 투병 끝에 엄마가 세상을 떠났을 때 두 언니는 이미 결혼해 각자 가정을 꾸린 뒤였고 낡은 주택에는 반지영과 아버지만 남았다. 엄마의 병원비와 아버지의 퇴직으로 그 집에 걸린 대출금도 상당해 집은 문서상으로나 상징적으로나 큰 구멍이 숭숭 뚫려 있었다. 엄마가 꿈꿨던 안락한 아파트 입주는 남은 가족에게도 불가능해졌다. 결국 반지영은 아버지를 설득해 집을 정리하고 무주택자가 되게 했다. 그리고 얼마 후 서울 서북쪽의 대규모 아파트 단지에 포함된 임대 아파트에 입주했다. 반지영은 낯설고 어색한 아버지와의 동거를 통해 안락한 아파트로의 탈주에 성공했다. 엄마의 꿈을 대신 이루었다. 연탄을 갈지 않아도, 지붕이 샐 걱정을 하지 않아도 되었다. 을씨년스러운 시멘트 마당에 지네나 그리마가 지나가는 모습을 보지 않아도 되었다. 아버지는 의외로 눈치가 빠른 사람이었는지 알아서 반지영을 피해 가며 당신만의 일상을 완성해 나갔다. 반지영은 그런 아버지가 필요했다. 재산도 없고 반지영의 생활을 침범하지도 않는, 그림자보다 조용히 살아가는 아버지가. 남의 자전거를 훔쳐다가 늦어도 너무 늦어 버린 분홍 자전거를 조립해 마흔 넘은 딸에게 선물하는 아버지는 필요 없었다. 다 저녁에 망치질 소리를 내어 이웃의 이목을 끄는 아버지는 없어야 했다. 반지영이 어렵사리 차지한 소중한 공간이 위협받고 있었다. 쓰레기 처리장 문제로 부녀회장이 매일 찾아와 곤란해진 집이 이제 아버지의 망치질로 한층 더 위험해졌다.

옆집 여자가 아버지의 망치질 소음을 호소한 날 반지영은 엘리베이터에 붙은 자전거 도둑 전단을 보고 집으로 다시 돌아왔다. 옆집 여자가 듣지 못하게 최대한 조용히 현관문을 열었다. 빠져나온 지 몇 분 되지도 않는 집은 그새 완전히 다른 공간이 되어 있었다. 집은 오염되었다. 반지영은 발소리까지 조심하면서 아버지의 방문을 열어 보았다. 잠겨 있었다. 이렇게 나오신단 말이지. 반지영은 거실 서랍장 아래 칸에 넣어 둔 아파트 열쇠 꾸러미를 꺼내 왔다. 방별로 두 개씩 묶여 있던 열쇠가 아버지 방만 한 개였다. 아버지는 방문을 잠그고 다닐 궁리는 했으면서 반지영에게 여벌의 열쇠가 있으리라는 생각은 하지 못했을까? 정말로? 반지영은 열쇠가 손안에서 몇 번이나 미끄러지는 것을 느끼며 어렵사리 아버지의 방문을 열었다. 그리고 보았다. 어둑한 방 안에 숨죽이고 있던 미세한 빛의 입자가 때를 기다렸다는 듯 일제히 반지영을 향해 날아올랐다. 아버지가 3분의 1만 걷어 놓은 커튼 틈새로 오후의 빛이 쏟아져 들어와 알루미늄 프레임들에 되튀고 있었다. 반지영은 눈을 흐릿하게 뜨고 방 안의 기묘한 조도에 적응하려 애썼다. 아버지의 방은 방이라고 보기 힘들었다. 얼마나 많은 자전거에서 뜯어냈는지 짐작조차 할 수 없는 온갖 부품들이 좁은 이부자리를 제외한 방 안을 가득 채우고 있었다. 벽에 자전거 프레임과 검고 흰 고무바퀴가 한데 얽혀 쌓여 있었다. 빛은 동굴 안을 유영하는 개똥벌레 떼처럼 마구잡이로 튀고 되튀었다. 코끝에 톡 쏘는 냄새가 풍겨 왔다. 아마도 스프레이 물감의 화학적인 냄새라고 반지영은 짐작했다. 그 물감이 형광 핑크색이 분명하다고 생각하자마자 무릎이 훅 꺾였다. 오래전 물에 처박힌 사모 딸의 분홍 자전거가 수십 년째 지독한 물비린내를 풍기고 있지 않은가. 아버지, 대체 무슨 짓을 한 거예요? 반지영은 자전거 프레임으로 이루어진 위험한 숲에 발을 들였다. 어떤 빵 부스러기를 던져 놔야 무사히 이 마법의 숲에서 벗어날까. 저 난반사하는 빛이 반지영의 빵 부스러기를 온통 쪼아 먹으면 어떡하나. 반지영은 집을 지켜야 한다는 절박함을 느꼈다. 그러나 이 집은 아버지 없이 성립하지 않는다는 사실이 숨통을 조였다. 그날 반지영은 처음으로 학원에 늦었다.

며칠 후 반지영의 반에 4학년 남학생이 새로 들어왔다. 원장은 학부모 면담은 마쳤다며 반지영은 수업 시작하기 이십 분 전쯤 아이를 만나 레벨 테스트 삼아 이것저것 물어보고 곧바로 수업을 시작하면 된다고 했다. 아이가 아무래도 학원이 처음인 모양이니 특별히 신경 써서 살펴 달라고 덧붙였다. 그리고 평소보다 삼십 분쯤 미리 출근하면 좋겠다는 말만 전했을 뿐 며칠 전 반지영의 지각에 대해서는 아무것도 묻지 않았다. 학과 선배이기도 한 원장은 반지영의 사생활에 대해 생각보다 많은 것을 알고 있을지 몰랐다. 반지영이 거의 매일 만나고 함께 맥주와 저녁을 먹는 사이였으니까. 맥주에 취해 반지영이 가끔 개인사에 관해 이런저런 푸념을 늘어놓았을지도 모르는 일이었다. 그러나 원장은 어떤 말을 들어도 반지영에게 후속편을 캐묻는 법이 없었고 한번 들은 이야기에 관해 다시 묻는 일도 없었다. 그게 반지영이 이 변두리 동네의 작은 학원을 직장으로 선택한 큰 이유 중 하나였다.

아파트 단지 상가에 있는 소규모 영어 학원인 반지영의 학원은 인근 초등학생부터 중고등학생까지 닥치는 대로 받아 클래스를 만들었다. 학년이 올라갈수록 목동이나 강남으로 빠지는 경우가 많아 중고등학생 클래스는 소규모일 수밖에 없었다. 고등학생 반은 학원 경력이 오랜 원장이 맡고 반지영은 초등반과 중등반을 맡았다. 클래스 수가 적어 아이들 수준에 맞게 반을 따로 편성하기 어려워 강사가 재량껏 아이들 수준을 파악하고 신경을 써서 가르쳐야 했다. 사실 진짜 수준이 높은 아이들은 이미 학원가로 빠졌기 때문에 이 학원에 다니는 아이들 수준은 고만고만했다. 하지만 아무리 변두리 동네의 소규모 학원이라도 아이들은 강사가 자신에게 얼마나 신경을 쓰는지 예민하게 살폈고 기대에 부응하지 않는다고 생각하면 곧바로 학부모에게 알려 학원을 옮겼다. 원장은 처음 반지영을 데려올 때부터 자신은 강사보다 아이들의 편을 들 수밖에 없다고 못을 박았다. 그런 솔직함이 반지영은 마음에 들었다. 이 학원이 망하면 안 되기도 했다. 반지영은 어렵게 마련한 소중한 집에서 걸어서 출퇴근할 수 있는 지금 직장이 집만큼이나 소중했다. 그래서 원장이 신경을 써 달라고 언질을 준 아이는 정말로 특별히 더 신경을 썼고, 그 덕분인지 반지영의 반 학생 수는 큰 변동이 없었다.

원장이 오랜만에 특별히 신경을 써 달라고 당부한 아이가 일곱 명이 정원인 작은 교실에 앉아 반지영을 기다리고 있었다. 동네에서 흔히 볼 법한 인상의 남학생이었다. 뻔한 브랜드의 점퍼, 뻔한 브랜드의 운동화, 뻔한 헤어스타일까지. 반지영은 아이의 맞은편 자리에 앉아 인사를 건넸다.

안녕.

아이는 그저 고개를 꾸벅했을 뿐 입을 열지는 않았다. 그 정도 수줍음도 뻔했다. 반지영은 우선 아이의 현재 영어 수준과 간단한 신상을 파악해야 했다. 원장이 미리 건네준 서류에 이름과 학교, 학년이 적혀 있었다. 동네에 있는 세 개의 초등학교 가운데 학원에서 가장 가까운 곳이었다. 그렇다면 부모는 학원의 명성보다 편리한 거리를 더 중시할 만큼 아이의 성적에 큰 관심이 없는 사람들일지 몰랐다. 맞벌이거나 형제가 많은 집의 둘째 이하거나 그렇겠지. 반지영은 모든 게 너무 뻔해 살짝 지루해졌다. 왜 원장은 이 아이를 특별히 신경 써 달라고 했을까? 혹시 부모가 예상보다 깐깐하게 굴었나? 성적이 당장 오르지 않으면 곧장 학원을 옮기겠다는 식으로? 그랬더라도 역시 빤한 설정이었다. 반지영은 원장이 작성한 서류를 훑어보며 별다른 생각 없이 버릇대로 물었다.

집이 어디니?

아이가 고개를 들어 반지영을 빤히 보았다. 그러더니 한숨을 쉬듯 중얼거렸다.

육동이요.

6동? 어느 6동?

반지영의 동네는 전부 아파트 단지로 개발되어 일반 주택 지구 없이 총 열다섯 개의 단지가 있었다. 그러므로 아이가 말한 6동은 106동부터 1506동까지 가능했다. 아이가 다닌다는 초등학교로 짐작한다면 아마 606동부터 1006동 사이일 것이다. 그때 아이가 대답했다.

육동 소년의 집요.

반지영은 말을 이해 못 해 다시 묻는 눈으로 아이를 보았다. 아이가 또 한숨을 쉬며 덧붙였다.

육동 소년의 집 몰라요?

몰랐다. 어쩐지 몰라서는 안 되는 일을 모르는 것 같아 마음이 쪼그라들었다.

10단지 옆에 있고요. 집 없는 애들이 사는 집이에요.

집 없는 애들이 사는 집이라니 반지영은 얼마나 모순된 표현인가 생각하다가 곧 어떤 단어를 떠올렸다. 하지만 그 단어를 입 밖에 내는 것은 물론 속으로도 떠올려서는 안 될 것만 같았다.

영어 학원은 다닌 적 있어?

아이는 반지영이 당황해서 급히 화제를 돌렸다는 걸 간파한 듯 불쑥 물었다.

선생님은 어디 사는데요?

4단지.

거기 임대죠?

아이는 반격에 성공했다는 듯 픽 웃으며 말했다. 반지영은 그런 아이가 밉지 않았다. 임대라는 말이 평소처럼 도발적으로 들리지도 않았다.

응. 임대 맞아.

육동은 되게 살기 좋다요?

그래?

저 아이패드도 있다요?

아이가 한결 편해진 말투로 말했다.

가끔 후원자나 봉사자들이 오는데요. 함께 체육대회도 하고 선물도 주고 그래요.

그렇구나.

선생님은 아이패드 있어요?

없어.

아이패드 진짜 좋은데.

육동에 산 지는 오래됐어?

2학년 때부터요. 아빠가 데려다줬어요.

그렇구나.

중학교 들어가면 아빠가 다시 데리러 온댔어요.

그래?

육동에는 진짜 고아도 있고 저처럼 고아 아닌 애도 있어요.

반지영은 결국 아이 입에서 나와 버린 그 단어 앞에서 한없이 무참해지고 말았다.

선생님은 엄마 아빠 다 있어요?

엄마는 없고 아빠는 있어.

나랑 똑같네요?

그러네. 영어는 좋아하니?

아뇨. 수학은 잘하는데 영어는 못해요. 알파벳만 보면 머리가 아파요. 지우는 거꾸로라는데.

지우가 친구야?

예. 9단지 사는 앤데 영어는 완전 미국 사람처럼 하면서 숫자만 보면 머리가 아프대요.

너는 영어만 보면 머리가 아프고?

예.

어떡하지? 오늘부터 선생님이랑 영어 공부해야 하는데. 괜찮겠어?

예! 열심히 할 거예요. 육동 원장님이 영어 점수 잘 받으면 선물 준다고 했거든요.

어떤 선물?

자전거요.

자전거라는 단어에 반지영의 심장이 과민하게 반응하기 시작했다.

작년에 엘지 아저씨들이 와서 자전거를 줬거든요. 근데 얼마 전에 잃어버렸어요. 상가 앞에 세워 두고 떡볶이 먹으러 간 사이에 누가 가져갔다요?

반지영은 심장이 무섭게 요동치며 자기도 모르게 눈을 질끈 감았다. 아버지, 대체 무슨 짓을 한 거예요.

평소 되도록 늦게까지 학원에 머무르며 수업 준비도 하고 원장과 술도 한잔하고 귀가하는 반지영이 이날만은 중등반 수업이 끝나자마자 집으로 향했다. 겨우 한두 시간 일찍 움직였다고 주변 풍경이 퍽 달라 보였다. 원래 귀갓길에는 아파트 단지 주변에 사람이 별로 없었다. 그런데 이 시간에는 사람들이 제법 다녔다. 학원이 있는 상가에서 반지영의 집까지 아파트 단지를 세 곳을 통과해야 했다. 단지마다 풍경과 분위기가 비슷하면서도 조금씩 달랐다. 어떤 단지는 광장 한가운데에 바닥 분수가 있어 여름이면 해 질 무렵까지 물을 내뿜었다. 어떤 단지는 광장 중심에 빤한 모양의 조각상이 있고 주변에 아이들이 자전거나 킥보드를 타고 놀 공간이 마련되어 있었다. 어떤 단지는 광장이 길쭉한 직사각형 모양이라 일주일에 한 번 장터로 변했다. 이렇게 비슷하면서도 다른 아파트 단지를 볼 때마다 반지영은 비슷한 것 같으면서 사실은 전부 다른 인생을 떠올렸다. 언제나 화가 난 얼굴로 자신에게 주어진 무거운 삶의 짐짝을 감내했던 엄마도 제 가족보다 고용주의 가족을 훨씬 더 중요하게 여겼던 아버지도 다른 집 부모와는 달랐다. 가끔 세 자매 중 막내딸이라고 하면 사랑을 많이 받고 컸겠거니, 손에 물 한 방울 묻히지 않았겠거니 함부로 짐작하는 사람들이 있었다. 반지영은 부정도 긍정도 하지 않았다. 그저 피로했다. 역시 사랑받고 자란 사람은 어딘가 티가 난다니까? 칭찬이랍시고 한 말들에도 반지영은 속수무책으로 상처받았다. 반지영은 사랑은커녕 관심의 대상이 되어 본 적도 없었다. 터울이 제법 지는 언니들은 반지영에게 무심했고 엄마는 관심을 줄 여력이 없었다. 그리고 아버지는 자식에게 관심을 준다는 게 뭔지 전혀 모르는 사람이었다. 반지영은 스스로 생존법을 터득했다. 되도록 남의 눈에 띄지 않을 것. 거슬리지 않을 것. 엄마에게 부려진 짐의 무게를 조금이라도 덜어주고 싶어서, 엄마의 불행한 표정을 조금이라도 덜 보고 싶어서 반지영은 모범생이 되었다. 그렇게 남들이 부러워하는 대학에 들어갔고 엄마가 그토록 자랑스러워했던 공립학교 교사가 되었다. 엄마의 실망을 무릅쓰고 교사직을 그만둔 후에는 죄책감을 조금이라도 덜고 싶어 간병을 자처했다. 엄마가 세상을 떠난 뒤에는 아버지와 동거가 시작되었다. 사람들은 그런 반지영을 이야기 속에 가두길 좋아했다. 셋째 딸이면 보지도 않고 데려간다더라. 현대판 효녀 심청이 여기 있었군. 넌 바리데기나 코델리아의 현신이야. 칭찬의 말들이 반지영을 옭아맸다. 반지영에겐 쇠창살과 다름없는 이야기가 필요하지 않았다. 이야기보다 진짜 집이 필요했다. 찍어 낸 듯 똑같은 공간, 아파트라는 익명성의 세계에 살면서 사람 사는 게 다 똑같다는 환상에 기대고 싶었다. 누가 누구보다 더 불행하지도 행복하지도 않다는, 사는 게 다 거기서 거기라는 그런 속 편한 말들을 믿으며 살고 싶었다.

지리학자 이푸 투안은 『공간과 장소』에서 어떤 장소에 부여되는 고유한 정체성에 관해 말했다. 물리학자 닐스 보어와 베르너 하이젠베르크가 덴마크의 크론베르크성을 방문했을 때의 일화를 소개하면서 보어는 이곳에 햄릿이 살았다고 상상하자마자 오직 돌로만 이루어진 성이 완전히 달라 보이고 성벽과 성곽이 갑자기 이전과는 다른 말을 전한다고 한다. 그 일화를 통해 저자는 공간에 이야기가 깃들면 정체성을 가진 장소가 된다고 결론짓는다. 고향이나 동네라는 개념처럼 장소는 일종의 대상이고 가치를 지닌다고. 반지영은 중등반 영어 독해 교재 지문에서 처음 이 책에 관해 들었다. 미국의 신문 칼럼 일부였다. 흥미가 생겨 책을 찾아보았고, 다행히 국내에 번역 출간이 되어 있었다. 공간에 가치가 생기고 이야기가 깃들면 정체성을 지니는 장소가 된다는 말이 흥미로웠다. 다소 어렵고 두꺼운 책을 며칠 만에 집중해서 읽었다. 밑줄을 친 곳도 플래그를 붙여 놓은 곳도 많았다. 그러나 다 읽고 나서 혼자 조용히 도리질을 쳤다. 반지영에겐 정체성이 깃든 장소가 필요하지 않았다. 고향이든 '내 동네'든 특별한 장소를 원하지 않았다. 오직 익명으로 누릴 수 있는 무채색의 공간이면 됐다. 신발을 잃어버리는 악몽을 꾸어도 부엌에 나와 물 한 모금 마시고 다시 침대로 돌아갈 수 있는 안전한 곳이면 됐다. 추억도 기억도 이야기도 싫었다. 언제나 낯선 공간에 낯선 사람으로 들락거리고 싶었다. 그래서 대규모 아파트 단지의 좁은 평수 임대 아파트를 노렸고, 여기 사는 동안에는 어떤 이야기에도 기대지 않고 어떤 이야기도 만들지 않겠다고 다짐했다.

걷다 보니 어느새 반지영의 단지 앞에 도착했다. 다른 동네 사람들은 임대인지 비임대인지 구분할 수 없게 비슷한 디자인과 색깔로 꾸며진 익명의 공간들이 첩첩이 쌓여 우뚝 서 있었다. 반지영의 단지가 간직한 그나마 조금 다른 점은 늦봄부터 초가을까지 울타리에 붉은 덩굴장미가 탐스럽게 자란다는 사실이었다. 장미는 끈질기게 피고 또 피어 계절을 건너갔다. 가끔 장미를 배경으로 사진을 찍으러 오는 사람들이 있을 만큼 동네에서 반지영의 단지 덩굴장미는 꽤 유명했다. 조금 이른 시간에 보는 장미는 가로등 불빛을 받아 유독 검붉게 도드라졌다. 순간 오래전 엄마가 큰맘 먹고 할부로 들여 준 세계 동화 전집의 『미녀와 야수』가 떠올랐다. 야수의 성에 하룻밤 묵게 된 상인은 막내딸에게 주려고 허락도 없이 정원에서 장미 한 송이를 꺾었다. 왜 남의 것을 함부로 욕심냈냐며 야수가 따져 묻자 상인은 제발 살려 달라고 빌었다. 야수는 용서의 대가로 막내딸을 요구했다. 결국 상인은 제 목숨을 위해 야수에게 막내딸을 내주었다. 그 대목을 읽으며 어린 반지영은 고요히 분노했다. 아버지라는 사람이 어떻게 그럴 수 있단 말인가? 분노는 자기 딸보다 사모의 늦둥이 막내딸을 훨씬 더 살갑게 보살폈던 아버지에 대한 원망으로 옮겨붙었다. 상인은 막내딸에게 주려고 장미를 꺾었다가 그 사달을 냈다지만 아버지는 애초에 반지영을 위해 장미를 꺾을 생각도 하지 못했을 것이다. 사모의 딸이라면 모를까. 만약 사모 딸을 위해 장미를 꺾었다가 야수에게 들켜 목숨이 위태로워진다면 아버지는 어떤 선택을 할까. 반지영은 아버지가 사모 딸에게 장미를 바치고 스스로 야수의 손에 죽기를 선택하는 장면을 상상하고 화르르 불타올랐다.

장미 울타리 너머로 아파트 건물 외벽에 새로 걸린 시뻘건 현수막이 보였다. 우리의 생명, 목숨 걸고 사수하자! 목숨을 걸고 생명을 사수하겠다니 그 모순이 치 떨렸다. 반지영에게도 사수할 게 있었다. 그림자처럼 깃들었다 나갈 공간. 그저 생활할 자리. 생활의 자리를 목숨 걸고 사수하겠다니 이 역시 얼마나 모순인가 생각하며 반지영은 쓰게 웃었다. 반지영에겐 절박한 공간을 위협하기 시작한 모든 것이 미웠다. 걸핏하면 찾아와 문을 두드리는 부녀회장이, 이상한 짓으로 이웃의 이목을 끄는 아버지가 싫었다. 목숨을 걸고 아이들의 미래와 생명을 지키겠다면서 뒤로는 오직 아파트값에 목을 매는 사람들이 무서웠다. 반지영은 당장 뛰어올라 저 흉측한 현수막을 부욱 소리 나게 찢어 버리고 싶었다. '생'과 '명' 사이를, '목'과 '숨' 사이를 갈라 버리고 싶었다. 내처 아버지 방에 뛰어들어 자전거 부품을 모두 창밖으로 내던지고 싶었다. 아버지를 집에서 쫓아내고 싶었다. 자신을 옭아매는 온갖 이야기의 창살을 뽑아 버리고 싶었다. 이야기를 박멸하고 싶었다. 하지만 세상은 곧 다른 이야기를 만들어 낼 것이다. 아이들의 생명과 미래 따위 안중에도 없는 이기적이고 냉혈한인 비혼

중년 여성의 이야기를. 늙은 아버지를 고려장한 피도 눈물도 없는 패륜아의 이야기를. 또 다른 이야기가 반지영을 가둘 것이다. 더욱 단단해진 창살로 옭아맬 것이다. 반지영은 울타리 앞에 서서 현수막을 노려보았다. 한 발짝도 앞으로 나아갈 수가 없었다. 반지영은 휘청거리다 울타리에 손을 짚었다. 아름다운 장미 아래 숨은 가시가 손바닥을 찔렀다. 반지영은 화풀이라도 하듯 가장 크고 탐스럽게 핀 장미를 골라 가지째 뜯어냈다.

이봐요!

내내 지켜보고 있었는지 누가 날카롭게 소리를 지르며 튀어나왔다.

그거 아파트 공용재산인 거 몰라요? 몰상식하게……. 어! 902호 아니야?

부녀회장이었다. 부녀회장은 아파트 시위에 동참하지 않는 반지영과 아파트 공용재산인 장미를 꺾은 반지영을 하나로 싸잡아 비난하기 시작했다. 목소리가 점점 커지고 톤이 높아지는 그 모습은 어쩐지 흥이 차오른 듯도 보였다. 부도덕함과 이기심, 몰상식함 등등 온갖 나쁜 개념을 들어 반지영을 비난하는 부녀회장의 입에서 어느 순간 침 한 방울이 튀어나와 반지영의 뺨에 묻었다. 반지영은 이물감과 혐오감을 동시에 느끼며 손에 든 장미를 부녀회장 쪽으로 불쑥 내밀었다. 그리고 부녀회장보다 크고 높은 소리로 호소하기 시작했다. 남의 것을 함부로 욕심냈으니 제발 벌을 내려 달라고. 다만 목숨은 살려 달라고. 목숨 대신 집에 있는 아버지를 내주겠다고. 눈에는 눈, 이에는 이, 이야기에는 이야기. 반지영은 점점 흥이 올랐다. 킬킬 소리가 절로 새어 나왔다. 제발, 내 소중한 아버지를 데려가 줘요. 킬킬. 내 목숨만큼 귀한 아버지랍니다. 킬킬킬. 부녀회장이 귀신이라도 본 얼굴을 하고 뒷걸음질했다. 반지영은 부녀회장 쪽으로 더 가까이 다가가며 장미를 쥔 손을 바짝 치켜들었다. 손바닥에서 피가 흘렀다. 장미 가시는 억셌다. 피가 반지영의 가느다란 손목을 타고 흘러내렸다. 부녀회장이 억 하고 억눌린 비명을 질렀다. 부녀회장은 뒤돌아 달리기 시작했다. 아파트 입구에 반지영의 웃음소리가 울려 퍼졌다. 반지영이 듣기에도 귀기 어리고 소름 끼치는 소리였다. 지나가던 사람들이 반지영을 흘끔거리며 걸음을 서둘렀다. 이제 반지영은 새로운 이야기의 주인공이 될 것이다. 아파트의 미친년. 완전 미친년. 이야기에 이야기로 맞서야 한다면 그것밖에는 길이 없었다.

∞

이번 주 읽은 책을 공유합니다.

『집 없는 아이』. 엑토르 말로 지음. 1878년 발표. 프랑스 문학. 청소년을 위한 교훈 소설. "나는 주워 기른 아이다."로 시작되는 1인칭 시점. 친부모인 줄 알고 자란 양부모가 형편이 어려워지면서 주인공 레미를 비탈리스라는 노인에게 팔아넘긴다. 원숭이 졸리쾨르 장군과 세 마리 개 카피, 제르비노, 돌체와 함께 떠돌아다니며 공연하는 악사 비탈리스는 레미에게 하프 연주와 읽고 쓰는 법을 가르쳐 준다. 두 사람은 함께 프랑스 전역을 떠돌며 공연하지만 비탈리스가 경찰에 붙들려 갔다 나온 후 야영 중 지독한 추위로 동사하고 만다. 혼자 남은 레미는 여러 도시와 지방을 전전하며 온갖 역경을 겪다 구빈원 출신 친구를 만나 함께 레미 극단을 꾸려 어려움을 이겨 내고 결국 진짜 가족을 되찾아 행복하게 산다. 레미가 만난 진짜 부모가 누군지는 스포일러가 될 수 있으므로 여기 밝히지는 않는다.

참고 1. 이 작품에 이어 엑토르 말로는 1893년『집 없는 소녀』를 발표한다.

참고 2.『집 없는 아이』의 원제 San Famille는 '가족 없이'라는 뜻이고『집 없는 소녀』의 원제 En Famille는 '가족과 함께'라는 뜻이다.

『올리버 트위스트』랑 비슷한 이야기?

『올리버』는 영국 1837년 작.『집 없는 아이』는 프랑스 1878년 작. 둘 다 영화로 봤음.

『올리버』에 구빈원과 런던의 빈민가가 생생하게 나오듯이 『집 없는 아이』에도 구빈원과 프랑스 전역의 빈부 격차 실상이 잘 드러난다는 평가가 있는 걸 보면 사회 고발물로도 볼 수 있을 듯.

근데 '가족 없이'라는 원제가 어케 '집 없는 아이'가 됨?

가족과 집을 같이 보는 게 한국 문화의 특징인가?

'가족 없는 아이'보다 '집 없는 아이'가 더 불쌍해 보이나?

(눈물을 줄줄 흘리는 토끼 이모티콘)

근데 저런 이야기는 꼭 출생의 비밀하고 연관이 있더라?

결국 친부모를 찾고?

알고 보니 친부모 부자!

알고 보니 고귀한 혈통!

구리다.

한 번씩 상상해 보지 않았어? 내 부모가 친부모가 아니고 친부모는 어디서 우아하고 고귀하게 사는 부자일 거라고.

어느 날 우연히 만나 도움을 준 노부인이 내 친할머니!

억울한 누명을 쓰고 경찰에 붙들려 갔는데 마침 나를 도와준 신사가 친아버지.

원래 모든 서사에는 집단의 욕망이 깃들기 마련이라.

사회 고발물이라면서 알고 보니 친부모가 부자였고 고귀한 혈통이었다는 결말은 좀 많이 모순 같아.

취약한 현실에서 기댈 건 오직 상상뿐이라는 방증일지도 모르지.

상상은 언제나 이루어질 줄 모르고.

어차피 상상, 최대한 달콤하게 가고 싶었을지도.

구려.

(고개를 끄덕거리는 오리 이모티콘)

현실보다 구릴까?

(갸우뚱하며 물음표를 연신 떠올리는 너구리 이모티콘)

어차피 똑같이 구리다면 현실보다는 상상이 좀 더 위안을 줄 거야.

비겁해. 현실도피.

비겁해도 할래. 상상.

구려도?

응. 구려도.

아 씨. 어차피 구린 거. 같이 하자. 도피든 상상이든.

(좋아! 소리치는 소녀 이모티콘)

(여자 셋이 강강술래 하는 이모티콘)

예전에 동화를 읽을 때마다 그런 일은 절대로 일어나지 않는다고 생각했는데 이제 내가 그 한가운데에 있잖아! 내 이야기가 책으로 나올 만도 한데, 그래야 하는데! 이담에 크면 내가 한 권 써야겠어.
— 루이스 캐럴, 『이상한 나라의 앨리스』

세 사람은 남부터미널에서 만났다. 두 사람이 한 명씩 데려와 일행은 모두 다섯 명이었다. 태지혜가 얼마 전 검정고시를 마치고 본격적으로 수능 준비를 시작한 우주를 데려왔고, 송기주는 대학 신입생으로 1학기를 신나게 보내고 첫 여름방학을 맞이한 시오를 데려왔다. 무주행 시외버스는 10시 40분에 출발했다. 다섯 사람은 10시에 터미널 대기실에서 만나 김밥과 샌드위치와 커피로 아침을 먹었다. 온라인으로는 거의 매일 단톡방에 모여 대화를 나누는 사이였지만 오프라인으로 만난 지는 얼마 되지 않아 아이들까지 데리고 만나면 굉장히 어색할 줄 알았다. 그런데 모처럼의 여행이라서인지, 어색하지 않겠다는 각자의 은근한 다짐 때문인지 마흔이 훌쩍 넘은 세 여자는 아침부터 신나 있었다. 오히려 열아홉 시오와 열여덟 우주가 낯을 가리느라 어른들보다 훨씬 점잖고 철들어 보였다.

무주에 가 보자고 처음 제안한 사람은 송기주였다. 시오가 대학가 원룸으로 나간 후 송기주는 봄과 여름 두 계절을 계절이 뭔지 모르는 사람처럼 살았다. 지철이 그럴 필요 없다고 말렸지만 송기주는 시오의 용돈을 책임지겠다고 선언한 후 초봄부터 아르바이트 자리를 알아보러 다녔다. 꼭 시오의 용돈 때문만은 아니었다. 시오가 집을 나간 뒤로 송기주는 갑자기 쓸모가 없어진 사람처럼 느껴졌다. 주변에서는 그게 바로 '빈둥지 증후군'이라며 심각한 우울증으로 번지기 전에 '제2의 인생'을 찾으라고 조언했다. 제2의 인생이라니. 송기주는 그전에 자신에게 제1의 인생이나 있었나 냉소했다. 남보다 일찍 결혼해 이른 나이에 시오를 낳고 오직 시오의 생존에만 매달려 사느라 흔한 자기 계발도 자아실현도 안중에 없었다. 그러다 시오가 사춘기에 접어들면서 불화와 갈등이 시작되었고 몸은 여전히 분주하면서 마음은 이상하게 허전한 괴리감이 찾아왔다. 시오가 고1 때 국어와 수학 성적이 생각보다 잘 오르지 않아 매일 짜증과 화를 달고 살 무렵 그런 시오의 감정을 달래 주느라 송기주는 자신의 에너지가 매일 고갈되어 간다고 느꼈고, 어느 날 정신을 차려 보니 한밤중에 활짝 열린 베란다 창 앞에 서 있었다. 맨발로. 마침 불어온 찬 바람에 퍼뜩 정신을 차리고는 몇 분 동안이나 까마득한 저 아래 아파트 광장의 콘크리트 바닥이 얼마나 단단할지 헤아리고 있었던 게 떠올랐다. 아까운 청춘을 바쳐 어렵사리 이룩한 아늑한

가정이 자기 선택으로 박살 날지도 모른다는 두려움에 몸을 떨었다. 송기주는 갱년기 우울증, 사춘기 자녀와 잘 지내는 법에 대한 책을 닥치는 대로 읽었다. 시오를 등교시키고 난 뒤에는 에세이 저자 북토크와 독서 모임에도 참가했다. 1년가량 이런저런 모임과 행사를 떠돌다 우연히 알게 된 서울 북동부의 한 독립 서점에서 열린 에세이 북토크에 참석했다가 반지영과 태지혜를 만났다. 세 사람은 사는 곳도 나이도 직업도 처지도 전부 달랐지만 40대 중반의 여성이고 책 읽기를 좋아한다는 공통점이 있었다. 게다가 전부 고만고만하게 내향인들이라 직접 만나면 서로 배려하고 눈치를 보면서 말하기보다 상대의 말을 듣는 쪽을 더 편하게 여겼다. 그랬던 세 사람이 의기투합해 단톡방을 만들어 온라인 수다를 떨기 시작하면서는 한마디라도 더 하고 한 번이라도 더 웃기고 싶은 욕망을 맘껏 드러냈다. 원래 신간 소식과 북토크 정보를 공유하기 위해 만든 셋의 단톡방은 점점 최근 본 책과 영화의 감상평을 남기기도 하고 일상의 수다와 농담을 나누기도 하는 공동 다이어리 같은 게 되었다. 또 한 달에 한 권씩 돌아가며 책을 소개하고 함께 읽은 뒤 독후감을 남기기로 했다. 독후감은 형식도 분량도 자유라 때론 각자의 일기나 편지, 시나 에세이가 되기도 했다. 한마디로 그들의 단톡방은 온갖 이야기가 쏟아져도 괜찮은 중구난방의 공간이었고 언제부턴가 '중구난방'

이라는 이름으로 굳어졌다.

중구난방 회원이 된 지 2년, 시오가 집을 떠난 지 한 달 만에 송기주는 동네 베이커리 카페에서 아르바이트를 구했다. 늦은 오전부터 저녁 직전까지 카운터를 지키며 오븐에서 갓 나온 빵을 포장하고 간단한 커피와 차를 만드는 일이었다. 전업주부 경력만 20년이라 사흘도 안 되어 커피 머신 사용법과 빵 포장법에 익숙해졌다. 유동 인구가 그리 많지 않은 동네 상권 카페라 정신없이 바쁠 일도 없었다. 그만큼 시급이 높지는 않았지만, 그래도 지철이 출근한 뒤 간단한 집안일을 마치고 출근해 종일 별생각 없이 커피 머신을 만지고 빵을 포장하고 있으면 시오에게 버림받고 집 없는 아이가 되었다는 기이한 억울함이 잠시 물러났다. 역시 단순 작업이 정신 건강에 좋은 모양이라고 송기주가 중구난방에 썼을 때 반지영과 태지혜가 엄지척 이모티콘을 연달아 보내 주었다. 봄에서 여름으로 가는 동안 송기주는 오직 집과 카페를 오가며 단순하게 사는 일상에 적응해 갔다. 시오가 없는 집을 쓸고 닦고 지철과 함께 먹을 간단한 식사를 준비하고, 카페에 나가 또 카페를 쓸고 닦고 손님이 먹을 간단한 음료와 빵을 준비하고, 모든 일상을 마친 밤이면 침대에 누워 책을 읽었다. 단순한 일상은 잡념을 쫓기 위한 안간힘이었다. 스스로 정한 일이지만 정해진 일정을 차곡차곡 해치우다 보면 당장 시오에게 달려가 안전한지 살피고, 원룸에 들어가 청소와 빨래를 해 주고, 냉장고를 가득 채워 주고 싶은 마음을 억누를 수 있었다. 노예근성. 송기주는 자신의 충동에 일부러 고약한 이름을 붙였다. 혐오로 범벅된 단어인 줄 알면서도 그랬다. 아니 혐오로 범벅된 단어라서 골랐다. 딸에게 집착하려는 마음에 혐오를 담뿍 담기로 했다. 봄철은 힘들었다. 여대생으로 보이는 손님이 테이블에 유난히 빵 부스러기를 많이 흘리고 간 날은 요즘 애들이 다 그렇지, 우리 시오도 그럴 텐데 생각하다가 당장 시오 방에 달려가 몰래 청소를 해 주고 싶어 손이 근질근질해졌다. 시오는 원룸의 비밀번호도 알려 주지 않을 테고 송기주 혼자 상처받고 말 것이다. 시오에게 내달리는 마음을 지그시 누르며 카페 주방으로 들어가다가 통로에 붙은 직원용 거울을 보았다. 거기 백설 공주의 계모 왕비보다 더 추악한 여자가 딸을 향한 욕망을 어쩌지 못해 쩔쩔매고 있었다. 종년이야? 노예야? 거울 속 자신에게 비아냥거리다가 송기주는 다짐했다. 앞으로 또 이런 충동이 들 때마다 제 노예근성을 탓하겠다고. 너 노예야? 그날 이후 송기주가 속으로 가장 자주 하는 말이 되었다.

시오는 처음 약속과 달리 1학기 동안 집에 딱 한 번 왔다. 그나마 여름옷을 챙기기 위해서였다. 그날 송기주는 시오가 좋아하는 반찬을 잔뜩 차려 놓고 기다렸다. 시오는 다이어트

중이라고 밥을 반이나 덜어 냈지만 꼬막무침과 육전은 다 먹었다. 송기주는 흐뭇했다. (너 노예야?) 송기주는 다음 날 아르바이트하는 카페에 시오를 데리고 나가 엄마의 일터도 보여 주고 함께 커피도 마시고 빵도 먹고 싶었다. 오랜만에 호수공원에 나가 산책도 하고 싶었다. 백화점에 들러 새 옷을 사 주고도 싶었다. 그러나 시오는 동아리 모임이 있다면서 아침 일찍 지철에게 짐을 원룸까지 실어 날라 달라고 부탁했다. 송기주는 서운한 티를 내지 않으려고 애썼다. 즉석밥만 사다가 함께 먹으라고 꼬막무침과 육전을 서둘러 반찬 통에 담았다. (너 노예야?) 원룸에 함께 가면 시오의 짜증 섞인 원망을 들으면서도 청소를 하고 나올 것만 같아 (너 노예야?) 지철더러 혼자 가라고 했다. 시오가 송기주의 안색을 살폈다. 송기주는 최대한 활짝 웃으려고 노력하며 말했다.

　엄마 오늘 친구들하고 독서 모임이 있거든.

　지철도 시오도 뜻밖이라는 표정을 숨기지 않았다. 그날 송기주는 혼자 종로에 나갔다. 교보문고에 들러 신간을 훑어보고 좋아하는 작가의 소설책과 처음 보는 시인의 첫 시집을 사서 인스타 핫플이라는 한옥 카페를 찾아갔다. 거기서 해가 질 때까지 오래오래 책을 읽었다. 겉으로는 평온하게 책을 읽는 것처럼 보였지만 속으로 너 노예야? 소리를 세 번 정도 했고 간간이 중구난방에 사진을 올렸다. 태지혜는 우주 학원

라이딩 중이라고 답장을 보냈고 반지영은 일요일에 학원 수업이 더 많아 답장이 없었다. 송기주의 봄은 이토록 겉은 고요히 속은 시끄럽게 여름을 향해 흘러갔다.

지철이 야근 중인 어느 저녁 송기주는 혼자 텔레비전 앞에서 저녁을 먹다가 미세하게 가물거리며 떠도는 빛의 입자들을 보았다. 밤의 강가를 떠도는 반딧불이가 검은 화면에 고요하게 일렁였다. 송기주는 밥을 씹다 말고 멍하니 화면을 보았다. 빛들은 누구 하나 튀지 않고 저마다 평온해 보였다. 가물거리며 잔잔했지만 다 살아서 움직였다. 저토록 신묘하게 제 존재를 드러내다니. 따로 그리고 다 같이. 송기주는 저 속에 스미고 싶었다. 함께 잔잔하고 싶었다. 들끓지도 튀지도 않고 싶었다. 송기주는 밥을 먹다 말고 직접 반딧불이를 볼 수 있는 곳을 검색해 보았고 그렇게 무주라는 고장을 알게 되었다. 무주는 원래 반딧불이로 유명하고 해마다 반딧불이 축제도 열렸다. 송기주는 무주군 관광을 안내하는 공식 홈페이지를 찾아갔다. 그중 봄부터 초가을까지 운영하는 생태 탐험 프로그램이 눈길을 끌었다. 1박 2일 동안 가족 단위로 무주 일대를 돌며 여러 체험을 하는 프로그램이었다. 8월의 프로그램 이름은 '반디별 소풍'이었다. 그래, 반딧불이의 유영은 밤하늘의 별과 닮았지 생각하며 송기주는 무턱대고 네다섯 명 정원인 행사를 신청했다. 남은 자리가 얼마 없어 마음이 급했다. 정원을 채우지 못하면 혼자라도 다녀올 생각이었다. 가족 단위 행사라는 설명을 보았으면서 송기주는 지철과 시오보다 중구난방의 친구들을 먼저 떠올렸다. 아마 지철과 시오가 별로 반기지 않을 거라는 예상 때문이기도 했지만 어쩐지 밤마다 단톡방에 모여 수다를 떠는 친구들과 반짝이는 빛의 입자를 보고 싶다는 생각이 들었다. 내향인인 자신에게도 이런 면이 있었나 내심 놀라며 송기주는 곧바로 중구난방에 '반디별 소풍' 프로그램 링크를 올리고 "우리 함께 반딧불이 보러 가자!!!"라고 말했다. 느낌표를 세 개나 찍으면서 배시시 웃었다. 태지혜와 반지영이 거의 동시에 좋다면서 이모티콘을 보냈다. 8월 한복판의 일정인데도 앞뒤 재지 않고 호응해 주는 친구들이 고마워 송기주는 신나서 방방 뛰는 토끼 이모티콘을 올리는 동시에 아싸! 하고 오래된 감탄사를 소리 내어 내뱉었다. 다음 날 태지혜가 조심스럽게 혹시 우주를 데려가도 되겠냐고 물었다. 한참 공부하느라 바쁜 우주를 하루 정도는 맘 편히 쉬게 해 주고 싶다고 했다. 행사 참가 인원이 최대 다섯 명이라 당연히 되지만 우주 혼자 어른들 사이에서 괜찮겠냐고 송기주가 걱정했다. 반지영이 그럼 시오도 데려가자고 제안했다. 시오라니. 송기주는 처음부터 시오를 제외하고 있었다. 시오는 이런 번잡스러운 일에 끼고 싶어 하지 않을 거라고. 무엇보다 엄마와 하는 여행이라니 시오가 반길 리가 없다고. (너 노예야?) 송기주가 망설이자 반지영과 태지혜가 한번 물어나 보라고, 시오가 같이 가 준다면 우주도 또래가 있어 한결 편할 거라고 했다. 송기주는 벌써부터 시오의 짜증스러운 응답을 예상하며 몰래 한숨을 내쉬면서 중구난방 친구들에게는 한번 물어는 보겠다고 어정쩡하게 대답했다. 그래 놓고 일주일이 넘도록 시오에게 여행에 관해 묻지 못했다. (너 노예야?) 그리고 무주로 출발하기 이틀 전 태지혜에게서 시오의 참석 여부를 묻는 톡을 받고야 에라 모르겠다는 심정으로 문자메시지를 보냈다. 시오가 십 분쯤 지나 짧은 답장을 보냈다.

갈게.

반지영은 무주로 출발하는 날 아침 일찍 짐을 싸 가지고 나오다가 아버지와 마주쳤다. 아버지는 식탁에 앉아 커피를 마시고 있었다. 식탁 위에 신문이 펼쳐져 있었다. 아버지가 식후에 믹스 커피를 한 잔씩 마시는 줄은 알았지만 새벽 운동과 아침 식사, 설거지까지 모두 마치고 신문을 보면서 천천히 마시는지는 몰랐다. 아버지도 뜻밖의 시간에 배낭을 들고 나온 반지영을 보고 놀랐는지 커피잔을 손에 든 채로 입을 벌리고 딸의 얼굴과 배낭을 번갈아 쳐다보았다.

잠긴 방문을 열쇠로 열고 들어간 날 반지영은 일부러 방에 들어갔다 나온 흔적을 남겼다. 아버지가 자전거 도둑이라는 사실을 막내딸이 똑똑히 알고 있음을 아버지도 알아야만 했다. 아버지가 현관문 앞에 '선물'이라는 쪽지와 함께 남긴 분홍 자전거는 손도 대지 않는 것으로 거절 의사를 표시했다. 그날 밤 집에 돌아왔을 때 분홍 자전거는 베란다에 나가 있었다. 반지영은 딱 한 달이라는 시간을 아버지에게 주었다. 그 한 달 동안 수시로 아버지 방을 벌컥 열어젖히고 싶은 충동을 느꼈지만 참고 또 참았다. 그렇게 아버지와 마주칠 일 없는 일상을 이어 가다가 한 달 후 아버지가 외출한 오후에 방문을 열어 보았다. 예상대로 방 안을 기묘한 빛으로 채우고 있던 무수한 자전거 부품들이 깨끗이 사라졌다. 그러나 세상에 단 한 대뿐일 분홍 자전거는 남아 있었다. 아버지는 베란다에 내놓았던 자전거를 당신 방에 옮겨 두었다. 자전거는 이부자리에서 가장 잘 보일 만한 자리에 세워져 있었다. 방 안에 스프레이 물감과 고무 냄새가 떠돌았다. 이제 반지영은 아버지 방에 다시는 들어가지 않았다. 열쇠도 원래 자리에 돌려놓았다. 아버지와 더욱 마주치지 않으려고 애썼다. 그 많은 자전거 부품을 어떻게 했을까 궁금했지만 물어볼 수는 없었다. 원래 주인들에게 돌려주지는 않았을 테고, 그러니 반지영은 결코 아버지를 용서할 수 없었다.

중구난방에 뜬금없는 무주 여행 제안이 올라왔을 때 반지영은 학원 일정을 고려하지도 않고 무조건 좋다고 반응했다.

좋아요!!! 출구가 필요했다. 아버지로부터, 아버지를 피해 학원과 집을 오가는 생활로부터 단 하룻밤이라도 벗어나야 했다. 막상 아버지와 마주치면 무슨 소리를 하게 될지 몰라 무서웠다. 아버지, 무슨 짓을 한 거예요? 제발 안 하던 짓 하지 마세요. 자전거 도둑이라니요. 단 1박 2일이라도 친구들과 함께 서울을 벗어나고 싶었다. 그렇게 생각하는 자신이 조금 놀랍기도 했다. 만난 지 2년 남짓 되었고 그나마 오프라인에서 만난 건 손가락으로 꼽을 정도다. 이들을 스스럼없이 친구로 여기고 함께 여행을 떠날 생각까지 하다니. 내게도 이런 면이 있었던가 새삼스러웠다. 반지영은 원장에게 강요하듯 휴가를 졸랐고 1박 2일 무주행에 나서게 되었다.

배낭을 현관 앞에 내려놓고 주저앉아 오랜만에 꺼낸 운동화 끈을 묶고 있는데 등 뒤에서 아버지가 물었다.

어디 가냐?

'어디'가 아니라 '가냐'에 방점을 찍은 질문이었다. 늘 함께 밥을 먹고 늘 함께 대화하며 서로를 속속들이 아는 게 자연스러운 부녀 사이처럼 심상한 질문이었다.

어디 좀 가요.

반지영은 아버지의 자연스러운 말투에 뾰족한 반발심을 느꼈다. 우리 사이에 '다녀올게요', '잘 다녀오너라'라는 말은 가당치 않잖아요. 그 말은 꾹 눌러 삼키고 자리에서 일어났다.

오늘 안 들어와요.

그리고 현관문을 열었다. 그때 아버지가 목소리를 높였다.

다녀와라.

뭐라고 덧붙였는데 마침 문이 닫혀서 들리지 않았다. 반지영은 엘리베이터를 기다리며 아버지의 다음 말을 상상했다. 다녀오너라, 무사히? 다녀오너라, 재밌게? 다녀오너라, 반드시? 날 버리지 말고? 꼭 돌아오너라? 젠장. 반지영은 제 귀에도 똑똑히 들리게 큰 소리로 욕을 내뱉고 엘리베이터에 올라탔다.

태지혜는 일행 중 가장 들떠 있었다. 자신보다 키가 훌쩍 큰 우주를 작은 몸으로 지키겠다는 듯 우주 앞을 떠나지 않으면서도 여행에 대한 기대감을 가장 선명하게 드러냈다. 송기주가 예약한 시외버스 다섯 자리 중 태지혜가 먼저 우주와 나란히 앉았다. 남은 세 자리는 잠시 눈치가 오가다가 시오 혼자 떨어져 앉고 송기주와 반지영이 함께 앉았다. 시오는 1인석에 앉자마자 에어팟으로 귀를 막고 눈을 감았다. 송기주는 시오를 흘끔거리며 분위기를 살피다가 (너 노예야?) 버스가 서울 톨게이트를 지나 고속도로에 접어들면서부터는 반지영과 대화하느라 시오를 잊었다. 송기주는 이번 여행의 주최자이자 안내자가 되어 버려 마냥 들뜨고 편안할 수는 없었다. 버스 안에서도 반지영과 함께 이후 일정을 위한 교통편을 검색하느라 바빴다. 10시 40분에 서울에서 출발한 버스는 두 시간 삼십 분 후인 1시 10분에 무주 공용버스터미널에 도착할 예정이었다. 일행은 2시까지 무주 태권도원에 도착해야 했다. 그러니까 오십 분 내에 터미널에서 태권도원까지 가야 했고, 대중교통이 자주 있는 게 아니라서 타야 할 버스를 놓치면 그대로 지각이었다. 한 시간쯤 흘러 반지영은 눈을 감고 잠이 들었다. 송기주는 창밖을 물끄러미 바라보며 시외버스에서 내린 다음 일반 버스를 타고 행사장까지 무사히 도착할 방법을 계속 복기했다. 그런 송기주의 마음을 알아챘는지 옆자리에서 반지영이 눈을 감은 채로 중얼거렸다.

그냥 풍경을 즐겨.

송기주의 눈에 비로소 차창 너머 풍경이 들어왔다. 온통 푸른 논밭이 펼쳐졌다. 반지영이 속삭였다.

눈이 편해지지? 난 외가가 전라도라 어렸을 때 이 길을 많이 다녔어. 푸르고 평평한 논밭을 보고 있으면 이상하게 마음이 편해지더라?

반지영은 여전히 눈을 뜨지 않고 말했다. 송기주는 고개를 끄덕이며 저 멀리 푸른 것들에 시선을 맞추었다. 과연 눈이 시원해지고 마음도 한결 누그러졌다. 그때 앞자리에 앉은 태지혜가 손만 뒤로 뻗어 뭔가를 건넸다. 사탕 세 알이었다. 자는 줄 알았는데 듣고 있었던 모양이었다. 송기주는 사탕 하나를 반지영에게 건넸다. 또 하나는 시오에게 주려고 보니 시오는 여전히 눈을 감고 있었다. 살짝 방심한 표정이 아무래도 잠든 모양이었다. 송기주는 시오 몫의 사탕을 주머니에 집어넣고 남은 하나를 까서 입에 넣었다. 시원하고 알싸한 박하 맛이 느껴졌다.

눈도 시원하고 입도 시원하고, 무릉도원이네요.

옆에서 반지영이 눈을 감은 채로 말했다.

공용터미널에 도착하자마자 곧장 행사장으로 가는 버스를 탔다. 운이 좋았다. 그 대신 시간이 뜨면 터미널에서 먹으려던 점심을 못 먹게 되었다. 시외버스를 타기 전에도 시외버스 안에서도 끊임없이 주전부리를 했으니 딱히 배가 고프지는 않았지만 아직 한 끼도 편히 앉아 먹지를 못해서 송기주는 시오와 우주에게 특히 미안했다. 그런 마음을 알아챘는지 태지혜가 프린트해 온 일정표를 가방에서 꺼내 '석식'이라고 표시된 칸을 가리키며 말했다.

오늘 저녁은 무주 만찬이래. 만찬을 즐기려면 배를 비워놔야 해.

설마 일정표를 프린트해 온 거야?

반지영이 놀란 눈을 하고 물었다.

응! 넉넉히 뽑아 왔는데 한 장 줄까?

사양할게.

버스 뒷자리에 모여 앉아 왁자지껄 떠드는 게 눈에 띄었는지 두 칸 앞에 앉은 할머니가 말을 걸었다.

어디서 오셨어?

서울이요.

어디 가셔?

태권도원이요.

태권도 해?

아뇨. 거기서 행사가 있어요.

잉. 거기서 행사 많이 하지.

태권도원에 가려면 어느 정거장에서 내려야 해요?

잉. 내내 이렇게 가다가 파란 지붕이 나오면 거기서 내려.

파란 지붕요?

잉. 파란 기와지붕. 잊지 마.

그럼 파란 지붕 정거장에 도착하면 알려 주세요.

잉. 나는 그 전에 내려.

파란 지붕도 안 보이는데 버스 기사가 태권도원 정거장이라며 얼른 내리라고 소리쳤다. 버스에 타면서 태권도원에 도착하면 꼭 알려 달라고 신신당부해 두었는데 할머니를 만난 후로는 내내 파란 지붕만 기다렸다. 일행은 부랴부랴 버스에서 내렸다. 냉방 중인 버스 안에 있다가 한여름 뙤약볕 아래로 나가니 숨이 턱 막혔다. 태권도원은 생각보다 규모가 엄청났다. 버스 정류장에서 입구까지, 또 입구에서 진입로를 따라 한참 올라가니 원내를 도는 셔틀버스 정류장이 나왔다. 고작 몇백 미터 걸어 올라가는데도 날이 너무 덥고 뜨거워서 일행의 얼굴이 굳었다. 아스팔트에서 지열이 훅 끼쳐 왔다. 평소 아이들을 상대하는 반지영이 시오와 우주 사이에 끼어들어 힘을 내 보자고 독려했고, 그 뒤를 태지혜와 송기주가 묵묵히 따랐다. 너른 경내에는 간혹 자동차가 지나갈 뿐 걷는 사람은 거의 보이지 않았다. 가족 단위 프로그램이라더니 다들 자가용을 타고 움직이는 모양이었다. 셔틀버스 정류장에 도착해 잠시 땀을 닦고 있는데 버스가 도착했다. 일행이 우르르 작은 버스에 올라타자 기사가 호기심 어린 표정으로 바라보았다. 아무래도 다섯 명이 가족 단위 행사에 참여할 것처럼 보이지 않은가 보다고 송기주는 생각했다. 하긴 다섯 사람 중 유일한 혈육인 송기주와 시오도 별로 닮지 않았다.

태권도원 본관 앞에 내려 안으로 들어가니 안내 데스크 겸 접수대가 있었다. 송기주가 이른바 '가족 대표'로 체크인하고 이름표와 방 열쇠, 각종 할인 쿠폰을 받아 왔다. 우선 숙소에 짐을 내려놓고 2시 30분까지 본관 앞으로 오면 참가자들을 태울 대형 관광버스가 기다리고 있을 거라고 했다. 커피가 시급해진 세 어른은 본관 구석에 있는 작은 카페로 달려가 당장 아이스아메리카노부터 주문했다. 우주는 탄산수를, 시오는 레모네이드를 마셨다. 일행은 음료와 가방을 주렁주렁 들고 숙소로 향했다. 태권도원은 본관을 중심으로 숙소 건물 네 개 동이 양옆으로 뻗어 있고 건물 전면에 대형 운동장이 자리했다. 그만 해도 면적이 넓어 보이는데 안내 책자의 지도를 보니 본관 구역 너머 언덕을 따라 각종 정원과 한옥 건물지구, 폭포와 전망대까지 자리 잡았고 입구 근처에는 태권도 공연장과 경기장, 박물관까지 있었다. 이곳에서 해마다 각종 선수권대회가 열리고 평소에는 태권도 관련 행사나 연수 등이 진행되는 모양이었다.

태권도라니. 내 평생 흰색 띠도 둘러 본 적이 없건만 이런 데서 하룻밤을 자 보네?

태지혜가 과장되게 눈을 부릅뜨고 송기주를 향해 엄지를 치켜들었다.

그러게. 태권도의 성전에 있으니 절로 태권 정신이 차오르는 기분이야.

반지영도 한껏 과장된 말투로 맞장구쳤다.

배정받은 방은 정원이 최대 여섯 명인 온돌방이었다. 숙소 건물은 일반적인 콘도와 매우 비슷한데 안쪽에 취사 시설이 따로 없었다. 아마 청소년들이 많이 묵어가는 곳이라 안전을 고려한 모양이었다. 세 어른은 준비해 온 라면과 커피를 만들어 먹을 수 없게 되어 아쉬워했다. 세 사람이 숙소 여기저기를 살피며 뭐는 아쉽고 뭐는 좋네 하며 떠들 때 한쪽에 우두커니 서 있던 시오가 처음으로 입을 열었다.

우리, 오늘 밤, 여기서 다 같이 자는 거예요?

다들 시오를 쳐다보았다. 시오의 얼굴은 겁에 질려 있었다. 송기주도 덩달아 더럭 겁이 나고 말았다.

태지혜와 반지영과 우주가 먼저 본관 앞에 대기 중인 관광버스에 올라탔다. 세 사람 모두 파란색 줄이 달린 이름표를 목에 걸었다. '송기주 가족'이라고 씌어 있었다. 정작 진짜 송기주 가족만 없었다.

시오 언니는 안 와요?

우주가 작은 소리로 태지혜에게 물었다.

기다려 보자. 버스 출발까지 칠 분 남았으니까.

행사 스태프라고 쓴 이름표를 목에 건 젊은 여성이 버스 맨 앞에 서서 마이크를 잡더니 출석을 부르기 시작했다. 반지영이 태지혜에게 속삭였다.

맨날 출석을 부르다가 불리려니까 이상하게 신나네.

태지혜와 우주가 동시에 빙긋 웃으며 반지영을 쳐다보았다.

반지영은 두 사람이 묘하게 닮았다고 생각했다. 스태프가 가족 대표의 이름을 부르면 일행이 한꺼번에 손을 들었다. 잠시 후 '송기주 가족'이 호명되었다.

두 사람이 아직 안 왔어요.

조금만 기다려 주세요.

태지혜와 반지영이 동시에 대답했다. 출석을 끝까지 부르고 스태프가 다음 일정을 소개하기 시작했을 때 송기주와 시오가 버스에 올랐다. 남은 셋은 소리 나게 안도의 한숨을 내쉬었다. 시오가 먼저 맨 뒷자리에 나란히 앉은 세 사람을 보고 두 칸 앞에 앉았다. 세 사람은 시오가 울었다는 사실을 알아챘다. 송기주는 통로에 멈춰 서서 어디에 앉을지 잠시 망설였다. 그때 우주가 불쑥 물었다.

제가 시오 언니 옆에 앉아도 돼요?

그 말에 시오가 움찔 놀라더니 송기주를 보고 고개를 끄덕였다. 우주가 일어나 시오 옆으로 자리를 옮기고 나서 송기주가 맨 뒷자리 친구들에게 가 앉았다. 일행 모두 착석을 마치자 버스가 출발했다. 스태프가 다시 마이크를 들고 다음 목적지가 '머루와인동굴'이라고 안내했다. 반지영이 양옆의 태지혜와 송기주를 번갈아 보며 속삭였다.

수학여행 온 날라리들 같아. 맨 뒷자리에 따로 앉아 선생님 말은 귓등으로도 안 듣는 애들.

신나?

어. 개신나.

일종의 패키지여행이라고 볼 수 있는 프로그램의 일정표를 들여다보며 태지혜가 중얼거렸다.

머루와 와인과 동굴이라니. 내 평생 이토록 일관성 없는 단어 조합은 처음 접하는군.

게다가 족욕까지 있어. 이 여행의 예측 불가능성을 과연 수치화할 수 있을까?

반지영이 안경을 추켜올리며 덧붙였다.

버스는 인적 없는 산길을 달려 어느새 비교적 너른 주차장에 멈춰 섰다. 인근에서 꽤 인기 있는 관광지인지 주차장에 대형 버스가 많이 서 있고 동굴 입구에 줄을 선 사람도 제법 많았다. 스태프가 설명한 바에 따르면 머루와인동굴은 1988년부터 1995년 사이 무주에서 양수식 발전소를 건설하던 당시 굴착 작업용 터널로 쓰던 것을 2007년 무주군에서 임대해 머루 재배 농가 홍보용으로 사용 중이라고 했다. 무주는 고도가 높아 산머루 재배에 유리해서 이 머루로 만든 와인에 이름을 붙이고 무주만의 특산물로 홍보하고 판매도 했다. 일행 중 산머루를 먹어 본 사람은 아무도 없었다. 심지어 실물을 본 사람도 없었다. 반지영이 얼른 휴대폰을 꺼내 산머루를 검색해 사진을 보여 주었고, 동굴에 들어가니 벽 곳곳에 산머루 사진이 크게 붙어 있었다. 겉모습만 봐서는 보통 포도와 구분이 되지 않았다.

꼭 머루 포도 같네. 맛도 머루 포도 같으려나?

태지혜가 말하고 혼자 피식 웃었다.

포도랑 머루랑 접붙인 게 머루 포도일 텐데. 오리지널 머루를 보고 머루 포도 같다고 하다니. 원본을 보고 복사본을 떠올린 셈이잖아.

나훈아를 보고 너훈아와 비슷하다고 한 셈?

나이키를 보고 나이스와 똑같다고 한 셈!

송기주는 반지영과 태지혜의 대화를 듣고 같이 웃었지만 우주와 시오는 어른들이 하는 말을 전혀 알아듣지 못했다. 그래도 울고 나온 흔적이 역력했던 시오의 얼굴이 그새 조금 가라앉아 있었다. 송기주는 시오의 뒤에 바짝 붙어 동굴을 지나갔다. 무주는 원래 고도가 높아 서울보다 기온이 살짝 낮은 편인데 동굴 안은 에어컨이라도 틀어놓은 것처럼 서늘했다. 벽 양쪽에 머루와 머루와인, 무주의 다양한 풍경 사진이 연달아 붙은 입구를 지나니 천장에 온통 작은 전구가 달려 별처럼 반짝이는 구간이 나왔다. 사람들이 일제히 탄성을 질렀다. 서늘한 밤을 통과하는 기분이었다. 여기서부터 본격적인 와인 홍보와 체험이 시작되었다. 시음대마다 직원이 서서 작은 종이컵에 머루와인을 따라 주고 제조일과 맛 등을 설명했다. 사람들이 줄을 서서 와인을 마셔 보고 와인을 구매하기도 했다. 태지혜가 앞장서고 반지영과 송기주가 그 뒤를 따라 줄을 섰다. 우주는 멀찌감치 떨어져 있었고 시오는 어른들 쪽을 흘끔거리다 다른 시음대에 줄을 섰다. 일행은 모두 세 종류의 와인을 마셔 보았다. 어떤 것은 달콤한 맛이 우세하고 어떤 것은 묵직한 맛이 매력적이었다. 직원이 다양한 와인의 맛을 비교해 가며 설명하면서 홍보에 열을 올렸다. 무주군에도 머루와인을 생산하는 업체가 여럿이고, 업체마다 대표 브랜드로 내세우는 와인이 따로 있는 모양이었다. 송기주가 전시된 와인을 차례차례 살펴보다가 luciole이라고 쓴 상표를 가리키며 활짝 웃었다.

프랑스어로 반딧불이야!

송기주는 진짜 반딧불이라도 본 듯 반가워했다. 시오가 살짝 놀란 표정으로 제 엄마를 보았다.

불어 전공 20여 년 만에 여기서 하나 써먹네?

송기주가 쑥스럽게 말했다.

시오는 좋겠다. 엄마가 불어 능력자라서. 나중에 모녀가 함께 파리 여행 가면 좋겠다.

반지영이 말했다. 시오는 그저 어깨만 으쓱했는데 싫은 표정은 아니었다.

와인 시음을 마치면 족욕 체험이 기다리고 있었다. 우주를 빼고 다들 시음만 석 잔 넘게 해서 얼굴이 적당히 붉었다.

와인 다음에 족욕이라니. 이 낯설면서 왠지 어울리는 조합은 뭘까?

태지혜의 말에 일행이 다 함께 웃었다. 사람들이 족욕 체험장 앞에 줄을 서 있었다. 직원이 다가와 인원수를 확인하더니 다섯 명인 '송기주 가족' 먼저 족욕장으로 안내했다. 앞쪽에 서 있던 중년 남자가 왜 이 사람들부터 들이냐고 항의하자 직원이 2인용, 4인용, 5인용 족욕장이 있는데 마침 5인용이 비었다고 친절하게 설명했다. 남자는 입술을 빼죽 내밀었지만 더 말을 붙이지는 않았다. 이른바 송기주 가족은 어쩐지 우쭐해진 기분으로 직원을 따라갔다. 족욕장은 동굴 양옆으로 작은 편백나무 목욕통을 연달아 지어 놓고 벤치에 앉아 발을 담그게 되어 있었다. 체험 시간은 준비 오 분, 발 담그고 십오 분 해서 총 이십 분이었다. 준비 시간이란 수도꼭지를 열어 온수를 받고 직원이 그 물에 와인을 풀어 주는 시간을 말했다. 와인 한 병을 통째로 콸콸콸 부었다.

아깝네.

그러게. 와인은 마시고 발은 맹물에 담가도 되는데.

반지영과 태지혜가 한 농담에도 직원은 웃지 않았다. 아마 이런 농담을 하루에도 수십 번 넘게 들었을 것이다. 직원이 이제 발을 담그고 십오 분 후에 옆에 비치된 수건으로 닦고 나오면 된다고 말하고 다른 자리로 넘어갔다. 그제야 일행은 술기운에 잊고 있던 현실을 자각했다. 사실상 타인인 다섯 사람이 지금 양말을 벗고 한 물속에 맨발을 담가야 했다. 아주 친한 사이라도 서로 맨발을 드러내기는 다소 어색했다. 누구도 선뜻 양말을 벗지 못했다. 시오가 또 겁에 질린 표정을 지었다. 우주마저도 긴장했다. 결국 가족 대표인 송기주가 먼저 나섰다.

우리 딱 십오 분만 견딥시다.

송기주가 양말을 벗고는 바짓단을 걷어 올리고 물에 발을 담갔다. 와인을 부은 물은 연한 보라색으로 일렁였다. 다음으로 태지혜가 양말을 벗고 발을 담갔다. 까무잡잡하고 잘록한 발목이 물에 잠겼다. 반지영이 뒤를 이어 조그만 발을 물에 넣으며 말했다.

나 무좀 없다!

우주가 재밌어하며 까르르 웃었다. 그리고 수줍어하면서도 각오한 듯 양말을 벗었다. 키가 크고 호리호리한 우주는 발도 길쭉하고 가는 칼발이었다. 우주가 옆에 앉은 반지영에게 말했다.

이모 발이 제 발보다 훨씬 귀여워요.

내 발 동안임?

그 말에 시오가 픗 하고 웃었다.

어머, 요즘 젊은이가 은근히 아줌 개그 좋아하네.

태지혜가 말했다. 이제 물에 발을 담근 네 사람이 일제히 시오를 쳐다보았다. 시오는 한참을 망설이더니 결심을 끝냈는지 양말을 벗었다. 어른들은 이런 사소한 일에 대단한 결의를 보이는 시오가 어쩐지 귀여웠지만 시오가 마음을 바꿀까 봐 다들 아무 말도 하지 않았다. 시오의 발은 송기주처럼 크고 통통했다. 태지혜는 두 사람의 발을 물끄러미 보다가 사뭇 다른 자신과 우주의 발을 번갈아 보았다. 시오까지 발을 담그자 송기주는 긴장을 풀고 눈을 감았다. 발끝에서 종아리를 지나 무릎 위까지 온기가 올라왔다. 바깥은 한여름인데 서늘한 동굴 안에서 따뜻한 물에 발을 담그고 있으려니 겨울밤 온돌방에 누운 것처럼 온몸이 노곤해졌다. 아무도 말이 없었다. 서로의 맨발을 처음 보는 사람들이 다닥다닥 붙어 앉아 지나가기엔 십오 분은 그렇게 짧지 않았다. 다들 족욕을 만끽하는 양 눈을 내리깔고 의자에 등을 기댔다. 실제로 만끽하는 사람도 있었다. 어윽. 시오에게서 온천탕에 막 들어간 노인네의 탄성이 튀어나왔다. 나머지 네 사람이 와르르 웃음을 터뜨렸다. 송기주의 웃음이 가장 컸다.

동굴 입구로 나오니 버스 출발 시간까지 이십 분이 남아 있었다. 족욕을 마치고 나온 사람들이 그늘에서 시원한 음료수를 마셨다. 다들 안내소에서 나눠 준 건빵을 먹고 있었다. 송기주가 가서 작게 포장된 건빵을 다섯 개 받아 왔다.

머루와 와인과 동굴과 족욕과 건빵이라니. 이 무슨 절묘한 연결?

태지혜가 말하며 제일 먼저 건빵 봉지를 뜯었다.

가장 어울리지 않는 단어 이어 말하기 같아.

반지영이 맞장구치며 태지혜의 건빵을 하나 집어 먹었다.

다음 단어가 뭘지 너무 기대돼요.

우주가 말하자 세 어른이 모두 눈을 반달 모양으로 뜨고 우주를 보았다. 송기주가 매점에서 음료수를 사 오겠다고 일어서자 시오가 따라나섰다. 건빵은 마실 것 없이는 목이 막혀 도저히 먹기 힘들었다. 아무래도 건빵은 음료수 가게에서 나눠 주는 미끼 같다고 반지영이 음모론을 제기하자 태지혜가 음료수 팔아서 얼마나 남는다고 건빵을 미끼 상품으로 내놓느냐고 배보다 배꼽이 더 큰 처사 아니냐며 음모론에 맞섰다. 우주는 태지혜가 나눠 준 일정표를 들여다보며 두 사람을 나 몰라라 했다.

다음은 목재문화체험장이래요.

건빵 다음 목재라. 허허. 이쯤 되니 프로그램 기획자에게 상이라도 주고 싶어.

태지혜가 건빵을 씹으며 말했다.

목재 문화를 어떻게 체험한다는 걸까. 기대감에 절로 목이 메는군.

반지영이 전혀 기대감 없는 얼굴로 말했다. 때마침 송기주가 시오와 함께 음료수 봉지를 들고 돌아왔다. 그런데 송기주는 제일 바쁘게 움직이면서 건빵도 음료수도 먹지 않았다. 왜 아무것도 안 먹느냐고 두 친구가 걱정 어린 얼굴로 묻자 송기주가 수줍게 대답했다.

이따 무주 만찬 맛있게 먹으려고.

목재문화체험장은 와인 동굴에서 버스로 이십 분 거리에 있었다. 건물 자체가 전부 목재로 지어진 모습이 영화에서나 본 숲속 통나무집처럼 근사했다. 건물 안으로 들어가자 나무 특유의 향기로운 냄새가 훅 끼쳐 와 기분이 좋아졌다. 우선 2층 체험장으로 올라가 가족별로 테이블에 앉으라고 했다. 자리에 앉고 나서 보니 송기주 가족을 제외한 모든 팀이 엄마, 아빠, 조부모와 아이들로 이루어져 있었다. 다들 중년 여성 셋과 젊은이 둘로 이루어진 송기주 가족의 정체를 궁금해하는 눈치였다. 어린이가 낀 가족 단위 체험 프로그램인 만큼 가족이 함께 힘을 모아 어린이용 목재 필통과 장난감을 만들기로 했다. 어린이가 없는 유일한 팀인 송기주 가족은 난감해졌다. 강사가 무엇보다 어린이가 직접 즐길 수 있도록 어른들은 옆에서 거들기만 하라고 당부했다. 눈치 빠른 반지영이 얼른 말했다.

누가 어린이 역할 할래? 우주? 시오? 발까지 동안인 나?

우주와 시오가 서로를 바라보며 머뭇거렸다. 잠시 후 우주가 먼저 말했다.

저는 손재주가 꽝이라 시오 언니가 하면 좋겠어요.

체험은 시오와 송기주가 하기로 하고 나머지 셋은 체험장 밖 베란다로 나갔다. 세 사람은 커피 자판기에서 아이스커피 석 잔을 뽑아 의자에 앉았다. 맞은편에 온통 푸르른 산이 펼쳐져 있었다.

즐거워?

태지혜가 우주에게 물었다.

예. 너무너무요.

우주가 살갑게 대답했다. 반지영은 몸을 돌려 체험장 안의 송기주와 시오를 흘끔거렸다. 두 사람은 말없이 설명을 듣고 있었다. 두 사람이 뭐든 함께 즐겁게 만들고 나오면 좋겠다고 생각하다가 아버지의 분홍 자전거를 떠올리고 고개를 흔들었다. 반지영은 아버지 생각을 애써 털어 내고 맞은편 산을 쳐다보며 커피를 한 모금 마셨다.

좋네.

좋지?

좋아요.

커피를 다 마시고 또 앞산을 실컷 바라보며 저마다 상념에 빠져 있을 때 수런거리는 소리와 함께 체험장에서 사람들이 우르르 몰려나왔다. 커피를 뽑아 마시고 앞산을 전망하려는 사람들로 베란다가 붐볐다. 세 사람은 시오와 송기주를 찾아 복도로 돌아갔다. 시오가 발그레 달아오른 뺨을 하고 일행에게 방금 만든 것들을 보여 주었다. 목재로 만든 필통과 곰돌이 얼굴로 꾸민 작은 상자였다. 하나는 정육면체에 가깝고 하나는 길쭉한 직육면체인 두 상자 모두 뭔가를 담는 용도였다. 시오가 우주에게 말했다.

하나는 너 줄게.

우주가 소리 없이 활짝 웃었다. 태지혜는 우주가 무엇을 고를지 궁금했다. 진지한 성격을 보면 필통을 고를 듯했고, 아직 어린 나이를 생각하면 곰돌이 상자를 고를 것 같았다. 어쩌면 예민한 관찰자답게 시오가 무엇을 더 원하는지 파악하고 다른 것을 고를지도 몰랐다. 태지혜는 우주가 다른 생각은 접어 두고 오로지 원하는 것을 골라 가지는 사람이면 좋겠다고 생각했다. 순간 가슴이 덜컥 내려앉았다. 아, 나는 이 아이를 정말로 좋아하게 되었구나. 그 생각이 너무 사무쳐 눈물이 나려 했다. 그때 송기주가 태지혜의 어깨에 한쪽 팔을 두르며 속삭였다.

드디어 무주 만찬 시간이야!

식당에 도착해 보니 테이블마다 가족 단위로 상이 차려져 있었다. 버스에서 내린 사람들이 전라도 밥상에 대한 기대감을 드러내며 자리를 찾아 앉았다. 5인인 송기주 가족은 가장 큰 테이블로 안내받았다. 버섯전골과 돈가스, 불고기덮밥 등 어른과 아이가 함께 즐길 법한 메뉴들이었다. 하루 종일 뭔가를 먹고 마신 것 같은데 이상하게 배가 고팠다. 송기주가 제일 눈을 빛냈고 왜소한 체구에 비해 왕성한 식욕을 자랑하는 반지영도 금세 공격적인 자세를 보였다. 술을 좋아하는 태지혜는 밥보다 안주부터 욕심냈다. 행사 스태프들이 테이블을 돌며 부족한 게 있는지, 무엇보다 아이들 입맛에 맞는지 살폈다. 스태프가 송기주 가족에게 더 필요한 게 있냐고 묻자 태지혜가 맥주요! 하고 외쳤다. 스태프는 어린이 중심 행사인 만큼 음주는 자제해 달라며 어린이들 입맛에 맞느냐는 다음 질문으로 넘어갔다. 태지혜가 뾰로통한 사이 어린이는 아니지만 유일한 미성년자인 우주가 버섯전골이 참 얼큰하고 시원한 게 입맛에 딱 맞는다고 대답해 좌중을 웃겼다.

식사는 금세 끝났다. 일행이 많아서인지 유독 먹성이 좋은지 음식이 모자랐다. 반지영이 시무룩하게 중얼거렸다.

무주 만찬이라며.

그 말에 다들 씁쓸하게 웃었다. 그때 송기주가 조용히 카운터로 가 음식을 포장 주문할 수 있는지 물었다.

도토리묵무침!

반지영이 말했다.

해물파전과 막걸리!

태지혜가 말했다.

더덕구이 먹어도 돼요?

우주의 말에 또 다 같이 웃었다.

포장한 음식을 챙겨 숙소로 이동했다. 마지막 프로그램인 '반디별 소풍'까지 삼십 분이 남아 있었다. 그동안 숙소 바닥에 신문지를 깔고 다 같이 열심히 먹었다. 다섯 명이 둘러앉아 나무젓가락으로 포장 음식을 먹고 있으려니 소풍을 나온 기분이었다. 모든 게 낯설고 어설프고 때론 예측 불가한 상황이 잇따르지만, 그래서 더 즐겁고 신나고 특별한 시간이었다. 송기주는 가장 고대했던 순서를 앞두고 포만감에 눈을 감았다. 이제 곧 반딧불이를 만날 수 있다!

반딧불이는 없었다. 반디별 소풍이란 반딧불이를 만나는 체험이 아니라 반딧불이처럼 밤하늘에 빛나는 별을 관측하는 시간이었다. 송기주는 스태프가 안내한 강당에 들어가서야 그 사실을 알았다. 강당에서 간단한 강의를 듣고 대운동장에 내려가 천체망원경으로 별을 볼 거라고 했다.

반딧불이는요?

송기주가 아연하게 묻자 직원이 익숙한 질문인 듯 차분히 대답했다. 원래 무주의 반딧불이는 6월과 9월에만 볼 수 있다고, 나머지 달에는 밤하늘의 별을 관측하는 프로그램으로 대체하고 있다고. 송기주는 어쩐지 속은 기분이었다. 직원은 이마저도 예상한 듯 덧붙였다.

홈페이지에 다 안내되어 있는데 미처 확인을 못 하신 모양이에요.

송기주는 얼른 휴대폰을 꺼내 홈페이지를 살펴보았다. 다시 보니 월별 일정표의 제목이 달랐다. 6월은 '반딧불이 신비탐사', 9월은 '반딧불축제'이고 나머지 달은 '반디별 소풍'이었다. 반디별이 반딧불이의 은유가 아니라 진짜 별이었다니! 홈페이지 안내 내용을 꼼꼼하게 살피지 않은 자신이 원망스러웠다. 반딧불이가 보고 싶어 선택한 여행이었는데 정작 반딧불이가 없다는 걸 이제야 알다니. 일행에게 미안하고 부끄러워 고개를 들 수가 없었다. 그때 뒤에서 듣고 있던 일행이 앞다투어 목소리를 높였다.

허허. 반딧불이 녀석, 아무 때나 볼 수 있는 분이 아니었군.

별수 없지. 9월에 또 오는 수밖에.

반딧불이나 별이나 반짝이면 돼.

그래. 반짝이면 다 반딧불이고 별이고 당신의 눈동자고.

태지혜와 반지영의 티키타카에 송기주는 눈물이 날 것만 같았지만 겨우 힘을 내 말했다.

다들 미안해.

그때 우주가 송기주에게 다가와 말했다.

이모, 저 천체 관측 정말 좋아해요. 어렸을 때 집에 망원경도 있었어요.

태지혜는 오래전 천문대에서 성우에게 청혼받은 일을 떠올렸다. 겨울밤이었고 함께 오리온자리를 보았다. 지금은 여름밤. 오리온자리는 없을 것이다. 태지혜는 난생처음으로 여름철 별자리를 보게 될지도 몰랐다. 그것도 우주와 함께. 갑자기 가슴이 두근거리고 삶이란 이토록 예측 불가하면서 동시에 유한하다는 사실에 가슴 한쪽이 뻐근하게 아파 왔다. 송기주가 우주에게 고맙다고 말했다. 이제 네 사람이 일제히 시오를 보았다. 시오가 어깨를 으쓱하더니 송기주에게 말했다.

엄마, 어렸을 때 내 꿈이 뭐였는지 기억해?

아이돌?

아니.

설마 천문학자?

슈퍼스타.

일행이 어두운 강당에 들어가자마자 강의가 시작되었다.

어린이 여러분, 오늘 우리는 다 함께 운동장에 나가 천체망원경으로 달과 별을 바라볼 거예요. 그 전에 우리가 집중해서 살펴볼 별들에 관해 알아볼까요? 자, 여기 화면을 보면 맑은 여름밤 은하수의 굵은 마디 중에서도 유난히 밝은 별 세 개가 보이지요. 하나는 은하수 바깥에, 또 하나는 은하수 가장자리에, 또 하나는 은하수 가운데에 있답니다. 물론 이따 밖에 나가면 지구의 빛이 너무 강해서 은하수가 보이지는 않을 거예요. 그래도 여름밤 천장을 살펴보면 이 세 개의 별이 잘 보여요. 가장 밝은 별이 베가, 이것이 알타이르, 이것이 데네브랍니다.

북반구의 여름 밤하늘에 높이 뜬 이 별은 거문고자리의 가장 밝은 별 베가랍니다. 베가는 직녀성이라고도 하는데요. 여러분, 혹시 견우와 직녀 이야기 알아요? 몇몇 아이들이 예! 하고 대답한다. 1년 내내 헤어져 있다가 7월 7일 밤에야 한 번 만나는 견우와 직녀 중 직녀예요. 이 베가가 알파성으로 있는 거문고자리는 그리스 신화에서 음악의 신인 오르페우스의 악기를 말하는데요. 여러분, 그리스 신화 알아요? 예, 아니요가 섞여 들린다.

두 번째 별은 백조자리의 알파성 데네브예요. 이 별자리는 밤하늘에 우아하게 날개를 펼친 백조 모양이지요. 별을 이어 보면 십자가 모양이 되어서 남반구의 남십자성과 비교해 북십자성이라고 부르기도 합니다. 우리 동양에도 별자리가 있는데요. 여기 백조의 날개 부분에 은하수라는 강의 나루터를 뜻하는 천진이라는 별자리가 있답니다. 이렇게 동양과 서양의 별자리는 서로 비슷한 면도 완전히 다른 면도 있어요. 각기 다른 곳에 사는 사람들이 같은 별을 보고 비슷하면서도 다른 상상을 했다는 사실이 참 흥미롭지요?

마지막 세 번째 별은 독수리자리의 알파성 알타이르입니다. 이 별은 약간 논란이 있는 별이기도 해요. 우리나라와 중국, 일본 등에서는 알타이르를 견우성으로 보기도 했는데요. 실제 견우성은 다른 별이라는 주장이 있습니다. 그러니까 아시아에서는 알타이르를 직녀의 상대 견우로 상상했고, 서양에서는 독수리라는 뜻의 알타이르로 상상했지요. 그리스 신화에서 독수리자리는 제우스와 관계가 있어요. 여러분, 공을 던지면 강아지가 달려가 물어 오잖아요? 아이들이 와하하 웃는다. 제우스가 번개를 던지면 아퀼라라는 독수리가 번개를 되찾아왔다고 해요. 그러니까 이 독수리자리는 제우스의 반려견, 아니 반려 새였다고 보면 되겠네요.

자, 지금까지 선생님과 함께 살펴본 베가와 데네브, 알타이르를 상상의 선으로 이으면 이렇게 커다란 세모가 되지요? 여름철 밤하늘에서 볼 수 있는 이 커다란 삼각형을 뭐라고 부를까요? 몰라요! 삼각형이요! 여름 삼각형이요! 중구난방으로 외친다. 선생님 말에 답이 다 들어 있었어요. 바로 서머 트라이앵글, 여름철 대삼각형이라고 합니다. 강사의 말이 끝나자마자 우주가 "여름철 대삼각형." 하고 나직하게 되뇐다.

자, 이제 다 같이 밖에 나가 망원경으로 이 세 별을 볼 차례예요. 관측을 다 하고 나면 맨눈으로 세 별을 찾아 상상의 선을 이어 보세요. 저마다 커다란 여름철 대삼각형을 만날 수 있을 거예요. 아까 선생님이 들려준 신화를 떠올려도 되고, 또 여러분만의 이야기를 만들어 보아도 좋아요. 별자리는 한 가지로 정해진 게 아니라 옛사람들이 수천 년 동안 반복해서 별을 보며 찾아내고 잇고 덧붙여 온 이야기잖아요? 여러분도 오늘 새로운 별자리를 찾을지도 몰라요. 재미난 이야기가 떠오르면 선생님한테도 살짝 알려 주세요. 자, 이제 천천히 줄을 서서 운동장으로 나가 볼까요?

송기주는 고개가 꺾이도록 밤하늘을 올려다보았다. 강의를 경청한 덕분에 여름철 대삼각형을 쉽게 찾을 수 있었다. 머리 위 까마득한 곳에 가상의 삼각형이 있었다. 지구인들에게 여름의 지붕이 되어 주었던 밝은 별 세 개. 지금보다 밤하늘이 훨씬 더 어둡고 별은 훨씬 더 밝게 빛났을 때 인간은 무수한 점 가운데 유난히 눈에 띄는 별들을 찾아내 잇고 윤곽을 상상하고 이야기를 붙였을 것이다. 그 상상의 동력은 무엇이었을까? 그저 놀이였을까? 예측을 위한 정밀한 과학이었을까? 어쨌든 누군가는 그런 상상을 통해 밤의 공포를 무사히 견뎠을 것이다. 검은 숲에 뿌려 놓은 조약돌을 찾아내듯 별을 찾아 선을 잇고 이야기를 향해 갔을 것이다. 그러고 보면 이야기란 얼마나 일방적인가. 또 한편으론 얼마나 변화무쌍한가. 일방성과 가변성이 무수한 이야기를 만들고, 변주하고, 사람의 입을 통해 지금껏 생존해 왔을 것이다. 그 사실이 그 밤 송기주에게 묘한 위안을 주었다. 송기주는 여름철 대삼각형을 올려다보았다. 허리 높이에서 유영하는 빛은 끝내 보지 못했다. 지금 빛은 너무 까마득한 곳에서 반짝이고 있었다. 송기주는 뭐든 반짝이면 된다고 말해 준 친구들이 새삼 고마웠다. 그들은 각자 망원경을 하나씩 차지하고 별을 보고 있었다.

몇 시간 전 숙소에 들어가자마자 이 넓은 방에서 다섯 명이 함께 자야 한다는 말을 듣고 시오가 울음을 터뜨린 일이 까마득한 옛일처럼 느껴졌다. 낯가림이 심하고 예민한 아이라 겁부터 났겠지. 불과 몇 달 전만 해도 송기주는 하룻밤 불편도 감수하지 못하겠냐고 시오를 나무랐을 것이다. 그러나 대학생이 되어 겁 없이 자취를 선언해 놓고서 낯선 사람들과 같은 방을 써야 한다는 사실에 겁을 먹고 울음부터 터뜨리는 걸 보니 오래전 악몽을 꾸고 깨어나 아이보다 서럽게 울었던

제 모습이 겹쳐 보였다. 여행 이틀 전에 불쑥 같이 가자는 엄마의 제안을 선뜻 받아 준 시오가 고맙기도 했다. 송기주는 일행을 먼저 보내고 차분하게 시오를 달랬다. 정확한 사정을 설명하지도 않고 무턱대고 함께 가자고 한 점을 사과했다. 시오에게 이토록 진지하고 간절하게 말해 본 적이 있던가. 어린 딸을 가르쳐야 한다는 생각이 앞서 진솔하게 자신의 생각을 설득해 본 기억이 없었다. 시오가 어느새 울음을 그치고 송기주를 물끄러미 쳐다보았다. 그리고 알았다며 먼저 일어났다. 숙소에서 나와 서둘러 엘리베이터를 탔을 때 시오가 뒤에서 조용히 말했다.

　사과해 줘서 고마워, 엄마.

　송기주는 여름철 대삼각형 주변의 별들을 바라보면서 강사가 보여 준 별자리를 가상의 선으로 이어 보았다. 날개를 활짝 편 백조와 독수리, 거문고가 보이는 듯도 했다. 은하수가 하얗게 밤하늘을 가로질러 흐르는 게 당연했던 시절 사람들은 새의 날갯짓과 거문고 소리를 들었을지도 모른다. 송기주는 백조자리와 독수리자리, 거문고자리의 별 몇 개씩을 새롭게 이어 얼굴 하나를 그려 보았다. 둥글고 커다란 그 얼굴은 할머니였다가 시오였다가 형체가 선명하게 잡히지 않는 어떤 얼굴이었다. 송기주는 살면서 간간이 상상해 온 엄마의 얼굴을 새 별자리에 대입해 보았다. 역시 아는 얼굴이 아니라 쉽게 떠오르지 않았다. 오늘 밤은 저 새로운 윤곽을 얼굴자리라 부르고 오직 아는 얼굴만 떠올리기로 했다. 할머니. 시오. 태지혜. 반지영. 그리고 오늘 처음 만난 우주까지. 시오와 반지영이 함께 있는 쪽에서 와 하는 탄성이 들려왔다. 지금 시오는 즐거워 보였다.

태지혜는 우주가 천문학에 관해 많은 걸 알고 있다는 사실에 놀랐다. 우주에게 처음 천체망원경을 사 준 사람은 누구였을까? 우주는 여름철 대삼각형을 알고 있었다. 별의 등급과 종류도 알았다.
원래 여름철 대삼각형은 1950년대에 생긴 말이래요. 그 전인 19세기에는 어느 천문학자가 세 별을 하나로 묶어 '하늘에 떠 있는 이등변삼각형'이라고 불렀고요. 옛날 사람들은 밤하늘의 같은 별을 보고도 누구는 수학을 하고 누구는 점을 치고 누구는 이야기를 지어내고 그랬나 봐요.
우주가 눈동자를 지우며 눈웃음을 지었다. 이 아이는 이렇게 웃는구나. 우주가 태지혜의 집에 온 후 이렇게 활짝 웃는 모습은 처음 보았다. 태지혜는 우주와 함께 낯선 곳에 와서 별을 보고 있다는 사실이 믿기지 않을 만큼 기꺼우면서 동시에 이게 우주와의 마지막 여행이지 싶어 가슴이 아려 왔다. 태지혜의 마음을 아는지 모르는지 우주가 몇 발짝 떨어진 천체망원경 쪽으로 태지혜를 이끌었다.

스태프가 망원경을 맞춰 둔 별에 관해 미리 설명했다.

여기 렌즈에 눈을 대고 들여다보면 아주 작은 별이 보일 거예요. 간혹 망원경으로 보는데도 별이 왜 이렇게 작아요 하고 묻는 분들이 계십니다. 망원경이 후져서? 아닙니다, 하하. 그만큼 별이 멀리 떨어져 있다는 뜻이죠. 이 별의 이름은 알비레오, 백조자리의 베타성입니다. 실제로는 백조자리의 감마성보다 어두워 세 번째로 밝은 별이죠. 알비레오는 고대 아랍인들이 닭의 부리라고 불렀던 데서 유래했습니다. 지구에서 385광년 떨어져 있어요. 맨눈으로 보면 하나의 별처럼 보이지만 망원경으로 보면 이중성이라는 걸 알 수 있어요. 두 별이 살짝 겹쳐 있어서 하나로 보이지요. 그래도 알비레오는 두 별의 색대비가 뚜렷해 노란색 백조자리 베타 A와 푸른색 백조자리 베타 B가 서로 떨어진 걸 확인할 수 있습니다. 여기서 또 한 가지 재밌는 사실이 있어요. 두 별은 지구에서 볼 때 그저 가까이 붙은 것처럼 보일 뿐 실제로는 상당히 멀리 떨어져 있는 걸로 생각했거든요? 그런데 연구 결과 두 별이 천천히 서로를 중심으로 공전하는 쌍성이라는 사실이 밝혀졌어요. 진짜 쌍둥이별인 거죠. 처음에 하나의 별인 줄 알았던 알비레오는 연관성 없는 두 별로 여겨졌다가 다시 언제나 함께 서로의 중심을 돌고 도는 한 쌍의 별로 드러났어요.

우주가 먼저 망원경 렌즈에 눈을 갖다 댔다. 잠시 후 우주가 한쪽 눈을 감은 채 나직이 속삭였다.

와, 정말 하나는 푸르고 하나는 노래요. 두 개가 분명해요. 두 별이 서로를 돈다니 신기해요. 함께 춤을 추는 것처럼요.

우주가 이렇게 말이 많은 아이였던가, 태지혜는 속으로 놀랐다. 우주의 목소리가 살짝 떨리는 게 느껴졌다. 우주는 두 별의 춤을 목도하면서 누구를 떠올리고 있을까? 그게 누구든 태지혜는 우주가 영원히 말이 많고 눈동자가 보이지 않을 만큼 눈웃음을 지으며 살아가길 오늘 처음 본 여름철 대삼각형을 향해 빌고 또 빌었다.

반지영이 찾아간 망원경은 안타레스라는 별에 맞춰져 있었다. 스태프가 망원경을 보기 전에 우선 맨눈으로 보라고 하늘을 가리켰다. 거기 붉은 별 하나가 이글거리고 있었다.

여름철 남쪽 하늘을 보면 유난히 이글이글 타오르는 듯한 붉은 별이 하나 보여요. 전갈자리를 이루는 1000개의 별 중 가장 밝은 안타레스랍니다. 안타레스는 전갈자리의 알파성으로 전갈의 심장부에 있어요. 흔히 전갈의 심장이라고 부르지요. 작지만 여기서 봐도 이글거리는 게 느껴질 만큼 안타레스는 우리 태양보다 700배 넘게 크고 1만 배 이상 밝아요. 정말 어마어마한 불덩이죠. 지구에서 보면 밝기도 색깔도 화성과 아주 비슷해 보입니다. 화성과 나란히 있으면 꼭 쌍둥이처럼 보이기도 해요. 안타레스라는 이름도 그리스어로 '아레스의 맞수'라는 뜻이죠. 여기서 아레스는 그리스 신화의 전쟁과 파괴의 신이며 로마 신화의 마르스, 즉 화성을 말해요. 전갈의 심장이 곧 화성의 맞수라는 뜻이죠. 전갈은 원래 사냥꾼 오리온을 물려고 하늘의 별자리가 되었잖아요? 오리온은 전갈을 피하려고 전갈자리가 서쪽으로 완전히 모습을 감추고 나서야 동쪽 하늘에 모습을 드러낸다고 하지요. 오리온자리는 대표적인 겨울 별자리고 지금은 한여름이니 전갈이 오리온 없는 하늘을 위풍당당하게 차지한 걸 볼 수 있습니다. 동양에서는 저 붉게 이글거리는 별을 청룡의 심장으로 봤어요. 인간의 상상력은 이렇게 조금씩 다르고 조금씩 닮았어요. 자, 이제 여기 렌즈에 눈을 대고 붉은 심장 안타레스를 관찰해 보세요.

반지영은 망원경을 통해 안타레스를 보았다. 그 안에 아주 작은 배율로 축소해 잘라 놓은 밤하늘의 한 조각이 들어 있었다. 붉은 점이 가물거렸다. 그걸 누구는 전갈의 심장으로 보고 누구는 청룡의 심장으로 봤다는 사실이 흥미로웠다. 그런데 전갈의 심장이 정말 붉을까? 모든 심장은 붉어야 할까? 전갈과 오리온이 싸우다 둘 다 죽었을 때 신들은 둘을 하늘의 별자리로 올려보냈고 싸움은 아직 끝나지 않았다. 오리온은 여전히 전갈이 두려워 피했고 전갈은 오리온의 발뒤꿈치를 노리며 이를 갈았다. 둘은 친구를 무대로 쫓고 쫓기고 있었다. 반지영은 아버지와 동거가 원활한 순환으로 이루어졌다고 믿었다. 가능한 한 서로를 방해하지 않으면서 각자 사이클에 맞게 같은 공간을 효율적으로 나눠 쓴다고. 하지만 사실 아버지는 반지영을 피하려고 일찍 동네 공원으로, 도서관으로, 노인복지관으로 떠돈 것은 아닐까? 한마디로 반지영이 매일 아버지를 쫓아냈던 건 아니었을까? 전갈처럼 조용히, 그러나 붉게 이글거리는 심장을 드러내면서? 반지영이 안타레스였다면 아버지는 그 맞수인 화성에 불과했던 게 아닐까? 맞수라지만 사실 빛도 열도 없이 쓸쓸하게 붉기만 한 행성. 반지영은 도리질을 쳤다. 감상에 빠지지 말 것. 쉽게 용서하지 말 것. 연민 금지. 반지영의 도리질에 망원경이 흔들리면서 안타레스가 순식간에 사라졌다. 이곳의 가벼운 흔들림이 저쪽에 무한에 가까운 거리를 벌려 놓았다. 반지영은 고개를 들고 육안으로 안타레스를 쳐다보았다. 별은 이글거리는 것도 같고 가물거리는 것도 같고 깜박이는 것도 같았다. 어쨌든 그것은 신호였다. 나 여기 있다는 신호. 반지영은 스태프에게 사과하는 뜻으로 살짝 고개를 숙여 인사했다. 스태프가 망원경의 초점을 다시 맞추는 동안 시오가 반지영을 향해 어깨를 으쓱했다. 그 순간 어깨를 으쓱하는 동작이 눈썹을 추켜세우며 눈인사를 건네는 것처럼 보였다. 반지영은 시오에게 살짝 웃어 보이고 다음 망원경을 향해 걸음을 옮기며 자기도 모르게 중얼거렸다. 어쩜 좋아요, 아버지. 아무래도 우린 너무 늦었어요.

∞

한여름 새벽은 유난히 고요했다. 주변이 높은 건물은커녕 건물 자체가 거의 없는 들판이었고, 고도가 높은 지역이었다. 우주는 지리 시간에 배운 지식을 떠올리며 살면서 처음 겪는 이 고요를 더듬어 보았다. 대기가 낯설었다. 묵은 풀 냄새 같기도 하고 비 온 뒤 흙냄새 같기도 한 쌉싸름한 향이 무릎 높이에서 잔잔히 일렁였다. 국도를 따라 빠른 걸음으로 걷는데 어쩌다 자동차가 한 대씩 지나갈 뿐 걷는 사람은 우주뿐이었다. 간혹 밭에 나와 허리를 숙이고 일하는 사람들이 보였다. 대부분 노인이었다. 뜻밖에 사람을 만나면 속으로 화들짝 놀라긴 해도 이 너른 공간에 혼자 있는 게 아니라고 생각하면 마음이 놓였다. 노인들도 잠시 허리를 폈을 때 이 시간에 국도변을 걸어가는 여자애를 보는 게 흔한 일은 아닐 것이다. 빤히 쳐다보는 노인들을 향해 우주는 고개를 살짝 숙여 인사를 건네고 계속 앞으로 나아갔다.

지난밤 천체관측 시간이 끝나고 숙소로 돌아와 우주가 가장 먼저 씻고 잠자리에 들었다. 숙모와 숙모 친구들이 유일한 미성년자이니 자정 전에 자야 한다고 재촉하기도 했지만 오랜만에 먼 길을 떠나온 탓인지 하루 종일 신나게 지내서인지 평소보다 일찍 졸렸다. 정신과에서 수면과 진정에 도움이 되는 약을 처방받아 먹은 지 몇 달 되었는데 간밤에는 약을 먹을 생각도 못 하고 곯아떨어졌다. 넓은 원룸 형태인 숙소 가장 안쪽에 우주와 시오의 이부자리를 마련해 주고 어른들은 입구 가까이 작은 스탠드를 켜 놓고 늦도록 맥주를 마시며 속삭였다. 우주가 샤워를 마치고 나왔을 때 어른들은 벌써 두 캔째 맥주를 마시고 있었다. 벽에 등을 기대고 앉아 휴대폰을 들여다보는 시오 옆에도 맥주캔이 하나 놓여 있었다. 우주는 이부자리에 누워서 어른들의 대화가 궁금해 그쪽을 향해 귀를 세웠지만 얼마 안 되어 그 소리마저 자장가로, 백색 소음으로 작용했다.

　창문을 통해 희붐하게 새어 들어오는 새벽빛을 느끼며 잠에서 깼을 때 오랜만에 개운하게 잘 잤다는 생각과 다른 사람들이 곁에 있어 다행이라는 생각이 동시에 떠올랐다. 곁에 늘 누가 있는 게 숨통을 조여 엄마에게 상처를 입히면서까지 숙모를 찾아왔는데 다른 사람들이 곁에 있어 다행이라니 자신의 모순이 어처구니없게 느껴졌다. 우주는 요 위에 앉은 채 바로 옆에서 입을 벌리고 방심한 얼굴로 잠든 시오를 바라보았다. 머리 옆에 휴대폰이 놓여 있었다. 어른들은 방 한가운데에 요를 삼각형으로 깔고 머리와 발이 서로 이어지는 이상한 모양새로 자고 있었다. 벗어 놓은 옷이며 가방 등이 삼각형 안쪽에 모닥불처럼 쌓여 있었다. 우주는 빙그레 웃었다. 숙모 태지혜가 삼각형의 왼쪽 변에 반듯하게 눕고 반지영이 밑변에 대자로 뻗어 있었으며, 송기주가 오른쪽 변에 옆으로 누워 있었다. 우주가 보기에 세 사람은 성격도, 체형도, 하는 일도, 식성도 전부 달랐다. 그런데 전날 아침 남부터미널에서 만났을 때부터 죽이 잘 맞는 수십 년 친구들처럼, 수학여행을 온 여고생들처럼 즐거워했다. 별것도 아닌 일에 몇 배로 부풀려 반응했고, 사소한 행운도 몇 곱절로 기뻐했다. 별로 웃기지 않은 농담에도 눈물까지 흘리며 박장대소했다. 한마디로 과했다. 처음에는 엄마 또래의 여자들이 자신보다 더 철없이 구는 모습이 어색하고 잘 이해가 되지 않았다. 그러다 함께 버스를 타고 이동하며 일정을 하나씩 해치울 때마다 조금씩 깨달았다. 이들은 지금 너무 행복해서가 아니라 행복하려고 미친 듯이 웃고 떠들었다. 그들의 과함 옆에서 우주도 점점 마음이 편해졌다. 우주는 말도 거의 하지 않고 그저 묻는 말에 대답이나 했을 뿐인데 어느새 함께 실컷 웃고 떠든 기분이었다. 시오 역시 처음 터미널에서부터 억지로 끌려온 사람처럼 내내 부루퉁하고 기회가 생길 때마다 철저히 혼자 있으려고 했다. 심지어 한방에서 자야 한다는 사실을 알았을 때는 울기까지 한 눈치였다. 목공 체험장에서 엄마와 함께 필통과 상자를 만들고 난 다음에 말도 늘고 표정도 점점 풀어지는 게 느껴졌다. 사실 숙모가 친구들과 함께 가는 여행에 같이 가자고 했을 때 우주는 부담스러웠다. 따라나서겠다고 했던 건 어쩌면 다들 처음 보는 사람들이자 다시 볼 일 없는 사이라는 믿음 때문이었을 것이다. 우주는 늘 타인 사이에서 편안했다. 엄마 아빠와 함께 사는 집에서나 어린 시절 많은 시간을 보낸 할머니 집에서나 가족 사이에 있을 때 오히려 제자리가 아니라 겉도는 느낌을 받곤 했다. 학교를 자퇴한 이유도 비슷했다. 엄마는 임신시킨 새끼는 학교를 잘도 다니는데 왜 네가 도망쳐야 하느냐며 소리를 질렀지만 엄마의 말은 하나부터 열까지 모두 틀렸다. 그 애는 우주를 '임신시킨' 사람이 아니었고 우주 역시 그 애나 소문을 피해 '도망치는' 게 아니었다. 그 애와 임신과 자퇴는 각기 다른 문제였다. 우주는 세 가지 일을 따로 보고 따로 해결하기 위해 봄부터 여름까지 내내 아팠다. 여름 한복판에 낯선 이들과 낯선 곳에 와서 모처럼 편히 자고 일어나 새벽을 맞았다. 여행을 제안하는 숙모에게 우주는 친한 친구들과 함께하는 여행에 방해만 되지 않겠냐고 넌지시 물었다.

나도 그 친구들 잘 몰라. 만난 적도 별로 없고, 각자 다르고, 서로 낯설어. 그래서 친해.

낯설어서 친한 사이라니. 우주는 그 말을 듣고 숙모와 동행하는 데 동의했다.

우주는 삼각형 이부자리를 밟지 않으려고 조심하며 화장실에 들렀다가 그대로 양말만 찾아 신고 숙소를 나왔다. 현관에 있는 열쇠 두 개 중 하나를 챙겼다. 간밤 별을 관측했던 대운동장에 태권도복을 차려입고 운동하는 사람들이 있었다. 우주는 기합 소리를 들으며 태권도원 입구를 향해 걸었다. 입구에서 오른쪽으로 접어들자 양옆에 논밭과 야산이 펼쳐졌다. 이십 분쯤 걸었을 때 마을이 나타났다. 표지판을 보면 초등학교와 고등학교, 면사무소가 있었다. 관광지 근처라 펜션 간판도 자주 보였다. 우주는 가능한 한 낯선 방향으로 걸었다. 낯선 공간을 통과하며 걷고 또 걷다 보면 거머리처럼 들러붙은 조악한 상념들이 떨어져 나갔다. 걷기란 바삭하고 고요했다. 쾌청하고 산뜻했다. 귓가에 쟁쟁했던 엄마의 악다구니도 걸을 때만큼은 멀어졌다. 네가 나한테 어떻게 이래? 내내 억울해했던 엄마가 끝내 뱉고 만 원망의 말은 칼끝이 되어 우주의 심장을 아프게 찔렀다. 내가 너 때문에 뭘 잃었는데? 도저히 그 집의 익숙한 것들을 견딜 수가 없었다. 떠나야만 해서 엄마와 거래에 나섰다. 그리고 가깝지 않으면서 믿을 수 있는 어른을 찾았다. 그 조건에 맞는 사람이 한 명 있었다. 우주는 오래전 혼자 눈구덩이 속에 기어 들어갔다가 추위 속에서 기이한 평온함을 느끼며 잠들었을 때를 또렷이 기억했다. 잠들면 안 된다는 생각과 이대로 눈 속에 스며들고 싶다는 생각이 번갈아 우주를 흔들었다. 아슬아슬한 경계에서 줄타기를 하고 있을 때 누가 덥석 끌어안는 것을 느끼고 눈을 떴다. 숙모가 그렁그렁한 눈으로 빨아들일 듯이 보고 또 보고 있었다. 숙모의 눈물은 얼음 결정처럼 투명하고 차가웠다. 그때부터 우주에게 숙모는 얼음 눈물의 이미지로 남았다. 지금 얼음은커녕 소나기도 한 방울 내리지 않는 염천에 우주 곁을 지키는 단 한 사람이 또 숙모였다.

숙소를 나온 지도 한 시간이 훌쩍 지났다. 새벽이 아침을 향해 부지런히 걷고 있었다. 길이 세 갈래로 갈라졌다. 우주 앞에 두 개의 선택지가 나타났다. 오른쪽은 평범한 국도였고 왼쪽 길에 '라제통문'이라는 표지판이 보였다. 라제통문이라니 처음 듣는 이름이었다. 가능한 한 낯선 방향으로. 우주는 라제통문을 향해 걸었다. 얼마 지나지 않아 깊은 계곡이 보이고 그 밑으로 흐르는 물줄기를 건너는 다리가 나왔다. 우주는 다리 바로 앞에서 잠시 걸음을 멈추었다. 간혹 자동차가 지나갔지만 지금은 다리 아래를 흘러가는 물소리 말곤 어떤 소리도 들리지 않았다. 계곡은 깊었고 바위는 유독 검었다. 다리 끝에 검은 바위를 뚫어 만든 동굴이 입을 벌리고 있었다. 이대로 다리를 건너가면 동굴을 만날 것이다. 동굴 위에 '라제통문'이라고 한자로 씌어 있었다. 다리 입구에 안내판이 보였다. 라제통문은 삼국시대에 신라와 백제의 국경을 이루던 곳으로 굴이 생기기 전에는 고갯길로 양쪽을 오갔다고 했다. 그러나 굴이 생긴 것은 왕래를 편하게 하기 위해서가 아니라 일제강점기에 금광 개발을 위해서였다. 우주는 안내판을 다 읽고 다시 다리 너머 굴을 바라보았다. 계곡을 이루는 검은 바위를 사람이 손으로 쪼아 뚫었을까? 굴 안쪽 벽과 천장도 검고 울퉁불퉁했다. 그러니까 지금 우주는 옛 국경 앞에 서 있는 셈이었다. 가능한 한 낯선 방향으로. 우주는 다리를 건넜다. 그리고 굴 안으로 들어갔다. 그곳은 서늘했고 바람이 세차게 지나갔다. 돌돌돌돌 물 흐르는 소리가 등 뒤를 따라왔다. 바람과 소리가 우주의 동행이었다. 와락 무서워지려는 마음이 그 생각에 조금 누그러졌다. 우주는 걸음을 재촉해 굴을 완전히 통과했다. 서쪽에서 동쪽으로 건너가도 풍경은 지나온 길과 별로 다르지 않았다. 국도 양옆으로 작은 마을과 논밭이 펼쳐진 것도 비슷했고 거리에 심어 놓은 꽃도 비슷했다. 밭에 나와 일하던 노인이 허리를 펴다 우주를 보았다. 우주는 살짝 고개를 숙여 인사했다. 노인이 잠시 놀라는 것 같더니 갑자기 오른팔을 번쩍 들어 힘차게 흔들었다. 함께 굴을 지나온 바람과 소리가 우주의 무릎 높이에서 일렁였다. 우주는 낯설면서 동시에 익숙한 풍경을 향해 봄부터 여름까지 품고 끙끙거렸던 질척대는 마음을 흩뿌렸다. 안녕. 잘 가. 그리고 멀어지는 마음을 배웅하다 이제 됐다 싶었을 때 굴 쪽으로 몸을 돌렸다. 가능한 한 낯선 방향으로 걸었던 우주가 새벽 내내 익숙해진 방향으로 걷기 시작했다. 거기 낯설어서 친해진 사람들이 우주를 기다리고 있었다.

∞

시오가 잠에서 깼을 때 옆자리에 우주가 보이지 않았다. 역시 미성년자라 팔팔하군. 시오는 어이없어 핏 웃었다. 안 그래도 대학에서 겨우 한 학기를 보내고 그새 폭삭 늙어 버린 기분이었다. 지난밤 어른들 옆에서 휴대폰을 들여다보며 시오도 맥주를 꽤나 홀짝였고, 요의 때문인지 커튼 틈새로 들어오는 아침 햇살이 자꾸 눈을 찔러 그랬는지 일찍 눈이 떠졌다. 시오는 화장실에 다녀왔다가 현관에 열쇠가 하나뿐인 것을 보았다. 우주는 일찍 산책이라도 나간 걸까. 역시 미성년자라 팔팔하군. 이렇게 생각하며 시오는 남은 열쇠를 챙겨 들고 방을 나섰다.

숙소 1층에 내려가니 근처에 구내식당이 있는지 음식 냄새가 풍겨 왔다. 불과 작년까지 거의 매일 맡아 온 익숙한 급식 냄새였다. 반사적으로 배가 고파졌다. 그런데 아직 아침 식사 시간이 아니었다. 시오는 본관 2층에 있던 편의점을 기억하고 본관으로 향했다. 대운동장에 태권도복을 입은 사람들이 제법 모여서 운동하고 있었다. 기합 소리도 들렸다.

편의점에서 커피와 구운 달걀 두 개를 샀다. 1층 카페는 아직 문을 열지 않아서 빈 테이블에 앉아 천천히 달걀과 커피를 먹었다. 대학에 들어가 가장 자주 먹는 아침 메뉴였다. 원룸 근처 편의점에서 구운 달걀이나 샌드위치를 사고 옆 카페에서 텀블러에 아메리카노를 담아 들고 학교로 걸어가며 먹었다. 아침잠이 많아 등굣길이 늘 정신없었다. 아침을 챙겨 주는 사람이 없으니 모든 걸 알아서 해결해야 했다. 그토록 간절히 원했던 독립은 생각만큼 근사하지도 우아하지도 않았다. 생활을 처음부터 끝까지 스스로 해결한다는 것은 꽤 무겁고 구차했다. 게다가 시오의 독립은 엄연한 의미에서 독립이 아니라는 것도 알게 되었다. 보증금도 월세도 심지어 생활비까지 전부 부모님에게 받았다. 한 학기 만에 시오는 자신의 독립은 반쪽짜리도 못 되는 가짜라는 사실을 처절하게 깨달았다. 등록금이라도 줄여 보려고 공부를 열심히 했다. 하지만 동아리 활동과 사교에도 만만찮은 시간과 돈이 들었고 무엇보다 학점 관리를 어렵게 만들었다. 시오는 장학금을 받아 부모님 앞에서 당당해지고 싶었다. 시험 기간만큼은 밤잠을 줄여 가며 고3 때처럼 공부했고 팀별 과제도 없는 사회성을 끌어모아 나름으로 열심히 참여했다. 교수님들 앞에서도 방글방글 웃으며 서글서글하고 착한 학생이라는 인상을 심어 주려 노력했다. 결과는 별로 좋지 않았다. 시오보다 더 악착같이 학점을 챙긴 애들이 많았다. 학교 앞 카페나 편의점에서 아르바이트를 하면서 장학금을 받은 애도 있었다. 시오는 자신이 점점 쓰레기처럼 느껴졌다. 성적이 나왔지만 엄마 아빠에게 알리지 못했다. 엄마 아빠 누구도 먼저 성적을 묻지 않았다는 게 더 자존심을 건드렸다. 독립을 반대한 엄마에게 크게 지고 만 기분이었다. 방학이 시작되고도 동아리 활동과 여름 학기를 핑계 대고 집에 가지 않았다. 그래 놓고 거의 원룸에 틀어박혀 멍하니 유튜브를 보고 게임을 했다. 실제 친구보다 SNS 친구들과 메신저로 대화를 나누는 일이 더 많았다. 쓰레기 같다는 생각은 가속이 붙어 더욱 쓰레기 같은 생활을 불러왔다. 오사카로 여행을 다녀오자는 동아리 친구들에게는 부모님 핑계를 대고 거절했다. 여행 비용을 대 달라고 할 만큼 쓰레기가 될 수는 없었다. 방학 동안 할 단기 아르바이트 자리를 알아보며 대학 신입생 시절의 황금 같은 첫 여름방학을 하수처럼 흘려보내고 있을 때 엄마한테서 불쑥 문자가 왔다.

무주에 반딧불이 보러 가지 않을래?

무주라니. 반딧불이라니. 어떤 단어도 이해가 되지 않았지만 시오는 엄마가 먼저 친구들과의 여행에 초대했다는 사실이 놀라웠다. 못 이기는 척 가겠다고 답을 보냈다. 이번에는 엄마가 더 놀란 듯했다.

달걀을 다 먹고 본관을 나섰을 때도 아직 아침 식사 시간은 턱없이 멀었다. 이대로 숙소에 돌아가 봐야 세모꼴로 자는 어른들이 깨기만 기다려야 할 터였다. 시오는 숙소와 반대 방향으로 걷기 시작했다. 조금 걸으며 소화도 시키고 가뿐해진 몸으로 일행에게 돌아갈 생각이었다. 본관과 숙소 건물들 너머로 전통 정원과 정자가 보였다. 오행폭포라는 표지판을 보며 여러 개의 다리를 지나가자 규모가 꽤 큰 한옥 건물이 나왔다. 그사이 시오는 누구와도 마주치지 않았을 만큼 숙소 너머는 인적이 없었다. 그만 돌아갈까 싶다가도 이른 아침 공기가 꽤 산뜻해 조금만 더 걸어 보기로 했다. 그렇게 걸어간 길 끝에 모노레일 승강장이 있었다. 모노레일이라면 어렸을 때 놀이공원에서 타 본 기억이 있는데 아무리 봐도 높은 곳을 지나가는 레일이 보이지 않았다. 시오는 주변을 흘끔거리며 조심스럽게 승강장 안으로 들어갔다. 기다렸다는 듯 모노레일 문이 스르르 열렸다. 언젠가 남도 바닷가에서 탄 케이블카와 비슷했다. 다만 수평으로 움직이는 게 아니라 에스컬레이터처럼 경사로를 지나 산으로 올라가게 되어 있었다. 시오는 잠시 머뭇거리다 올라탔다. 다시 스르르 문이 닫히고 모노레일이 산을 오르기 시작했다. 덜컹하고 출발했을 때 잠깐 겁이 나기는 했지만 창밖으로 산 위의 짙은 초록색 풍경이 눈앞에 나타나자 가슴이 설레기 시작했다. 모노레일은 오 분가량 천천히 산을 올라가 전망대 앞에 시오를 내려 주었다. 탑 모양의 전망대는 입구가 닫혀 있었다. 전망대 위까지 올라가지 않고 그저 그 앞 데크에만 서 있어도 울창한 푸른 산이 사방에 펼쳐져 눈이 시원했다. 이런 곳이 있다니. 시오는 전망대 둘레를 천천히 돌며 눈앞의 나무들과 멀리 능선을 번갈아 바라보았다. 온통 산이고 하늘이었다. 사방이 나무고 바람이었다. 각자가 따로 푸르고 함께 푸르렀다. 방금 떠나온 숙소와 본관 건물이 아주 조그맣게 보였다. 저 작은 곳에서 사람들이 자고 일어나고 운동했다. 지난밤 저기서 시오는 별을 보았다. 지금 고개를 들면 온통 눈부신 파랑뿐 별은 흔적도 보이지 않았다. 그러나 당장 눈에 보이지 않아도 저기 별이 있다는 걸 이제 시오는 알았다. 저 푸르름 속에도 여름철 대삼각형이 하늘의 천장을 호쾌하게 차지하고 있다는 걸 어젯밤 두 눈으로 똑똑히 보았다. 지금 시오에게는 별보다 산이, 그 안을 빽빽하게 채운 나무가, 또 산들이 첩첩이 겹쳐 이루는 능선이, 저 아래 조그맣게 자리한 건물이, 그 사이를 뻗어 가는 핏줄 같은 강물과 도로가 훨씬 더 뚜렷하게 보였다. 강당에서 들은 별자리 이야기가 떠올랐다. 우연히 흩어진 별들을 가상의 선으로 이어 모양을 찾고, 그 모양에 어울리는 이야기를 지어낸 인간들이 대단하다고 생각했다. 그런데 아침 일찍 전망대에 올라 아래를 내려다보고 있으니 별자리가 꼭 하늘에만 있지는 않을 거라는 생각이 들었다. 우연을 가상의 선으로 이어 모양과 이야기를 상상해 내는 게 인간의 일이라면 어떤 것을 보아도 상상은 가능하지 않을까. 순간 세모꼴로 이부자리를 펼쳐 놓고 잠든 엄마와 친구들의 우스운 모양새가 생각났다. 어제 엄마는 평소 집에서와 완전히 다른 모습을 보여 주었다. 아니, 뭘 보여 주겠다는 생각조차 없어 보였다. 엄마는 시오보다 철없는 아이처럼 웃고 떠들었다. 반딧불이가 보고 싶어 떠나온 여행인데 막상 반딧불이를 볼 수 없다는 사실을 알았을 때는 아끼는 장난감을 잃어버린 아이처럼 시무룩했고, 뭐든 반짝이면 된다고 친구들이 말했을 때는 금세 마음을 풀고 환하게 웃었다. 엄마는 엄마가 아니라 시오보다 한참 어린 동생 같았다. 그런 엄마가 시오는 처음으로 편했다. 낯설고 편했다. 아니, 낯설어서 좋았다.

시오를 내려 주고 산 아래로 돌아간 모노레일이 돌아오고 있었다. 시오는 승강대 쪽으로 걸어가며 아침 식사를 마치고 일행과 함께 다시 오리라 생각했다. 어른들과 우주와 저 놀라운 풍경을 꼭 같이 보고 싶었다. 아무것도 아닌 것에 와, 오오, 정말 좋아를 남발하는 어른들의 호들갑을 여기서도 보고 싶었다. 우주는 제일 어린 주제에 가장 어른스러운 표정으로 소리 없이 웃겠지. 그러면 내일이 없는 사람들처럼 웃고 떠든 짧은 여행을 마치면서 쓰레기 같았던 여름을 아주 조금은 그럴듯하게 마무리할 수도 있을 거라는 낙관이 느껴졌다. 모노레일이 도착했다. 스르르 문이 열렸다. 안으로 들어가자 문이 닫히고 덜컹 소리와 함께 모노레일이 출발했다. 배에서 꼬르륵 소리가 들렸다. 벌써 구운 달걀 두 개가 다 소화된 모양이었다. 시오도 우주만큼이나 팔팔했다.

최초의 아기가 처음으로 까르르 웃었을 때 그 웃음이 천 조각으로 부서져 여기저기 흩어졌는데 그렇게 요정들이 시작되었어.
— J. M. 배리, 『피터 팬』

그 겨울 그들은 지상의 별을 보았다. 그 별은 닿을 수 없는 먼 존재도 아니었고, 허울에 가까운 은유도 아니었다. 만질 수 있었다. 스스로 빛을 낼 수도 있었다. 반짝이면 다 별이지. 반딧불이지. 그들의 여름 말은 겨울에도 사실이었다. 꽁무니에 빛을 달고 어둠을 유영하는 입자처럼 그들은 스스로 빛의 입자가 되었다. 반짝이는 별이 되었다. 반딧불이가 되었다. 아니, 반짝여서 별이고 반딧불이가 되었다.

12월 3일 밤 반지영은 계엄령이 내렸다는 소식을 접하고 학원 수업이 끝나자마자 택시를 타고 여의도 국회의사당 앞으로 달려갔다. 국회의원들이 담을 넘어 속속 의사당 안으로 들어가고 시민들은 서로 팔짱을 끼고 군인들과 대치했다. 머리가 희끗희끗한 중년 여성과 남성이 많았고, 젊은 여성도 많이 눈에 띄었다. 70대로 보이는 남성이 오래 산 사람들이 맨 앞에 서서 계엄군의 총을 맞겠다고 비장하게 외쳤을 때 반지영은 끝내 울음을 터뜨렸다. 한겨울 밤 심장이 여름에 본 안타레스보다 더 붉게 이글거리는 느낌이었다. 그 새벽 국회는 비상계엄 해제 요구 결의안을 가결 처리했고 계엄군은 차례차례 청사에서 물러났다. 계엄 선포와 함께 대통령에서 내란범이 된 자는 꾸물거리다 세 시간이 훌쩍 넘어서야 마지못해 계엄 해제를 발표했다. 그때까지 한숨도 못 자고 소식을 기다렸는지 중구난방 친구들이 안도와 분노와 착잡함이 섞인 뭐라 형용할 수 없는 감정들을 마구 털어놓았다. 반지영은 친구들이 요란한 이모티콘으로 단톡방을 정신없이 채우고 있지만 사실 각자 방에서는 참담한 눈물을 흘리리라 생각했다. 지금 택시를 타고 다시 집으로 돌아가는 자신처럼.

집에 돌아와 조용히 현관문을 열었을 때 뜻밖에도 아버지가 부엌 식탁 앞에 우두커니 앉아 있었다. 켜 놓은 조명이라곤 싱크대 상부 장 아래 붙은 작은 등뿐이라 아버지는 그믐밤 빈 광장의 청동상처럼 모습이 괴괴했다. 반지영은 신발을 벗고 거실에 들어서다 흠칫 얼어붙었다. 아버지가 천천히 고개를 들고 반지영을 보았다.

왔냐?

아버지는 심상하게 한마디를 건네고 천천히 자리에서 일어났다. 그 자세로 오래 있었는지 관절 마디마디에서 삐걱대는 소리가 들렸다. 아버지는 다른 말 없이 당신 방으로 돌아갔다. 주방에서 거실로 희미한 아버지 냄새가 풍겨 왔다. 메마른 사람의 냄새, 오래도록 뭔가를 기다린 자의 냄새였다. 반지영은 화장실에 들러 손만 씻고 곧바로 제 방 침대에 쓰러졌다. 다시 일어났을 때 오후가 다 되어 있었다. 반지영은 온몸에 삐걱거리는 몸살기를 느끼며 거실로 나갔다. 아버지는 벌써 나간 다음이었다. 그런데 식탁 위가 평소와 달랐다. 빈 밥그릇 하나, 빈 국그릇 하나, 반지영의 수저, 그리고 몇 가지 반찬들이 보자기를 쓰고 있었다. 보자기 옆에 아버지의 쪽지가 보였다.

　밥하고 국하고 데퍼 먹거라.

　반지영은 아버지의 서툰 글씨를 물끄러미 보았다. 딱히 울컥하거나 감동하지는 않았다. 그렇다고 짜증이 나지도 않았다. 그냥 좀 마음이 놓였다. 반지영은 콩나물국이 담긴 냄비를 열어 보고 가스레인지에 불을 붙였다. 그리고 국이 끓는 동안 잠시 기다리며 지난밤을 떠올렸다. 한순간에 무너질 뻔한 일상을 지켰는가 자문해 보기도 했다. 겨울이 길 것 같았다. 반지영은 끓기 시작한 국을 대접에 푸고 솥에서 밥을 퍼 식탁 앞에 앉았다. 아버지의 국은 약간 싱거웠고 밥은 좀 질었다. 노인의 밥이군. 반지영은 생각하며 길고 길 겨울에 대비해 당장 뭘 해야 할지 리스트를 떠올려 보았다. 생각은 중구난방으로 뻗어 갔다. 그중 하나가 요즘 반지영의 초등영어반에서 가장 수업을 열심히 듣는 육동의 은우에게 좋아하는 색깔을 물어보자는 것이었다. 은우가 좋아하는 색깔을 먼저 묻고, 그다음에 아버지에게 분홍 자전거를 그 색깔로 바꿔 칠해 줄 수 있는지 물을 것이다. 된다고 하면 은우에게 자전거를 선물할 것이다. 아니, 돌려줄 것이다. 아버지에겐 가사 노동 재분담을 요구해 볼까. 지금처럼 각자 제 몫의 밥과 빨래와 청소를 책임지는 건 어쩐지 조금 비효율적일지도 모른다. 아버지가 부엌살림을 도맡아 준다면 반지영은 청소와 빨래를 책임질 수 있을 것이다. 처음 맛보는 아버지의 밥은 반지영에게 얼추 맞았다.

　12월 14일 태지혜는 우주와 함께 국회의사당 앞으로 갔다. 수능을 마치고 정시 입학 원서를 준비 중인 우주는 태지혜가 촛불 집회에 다녀오겠다고 하자 함께 나섰다. 토요일에 수업이 가장 많은 반지영은 오지 못해 발을 동동 구르는 이모티콘을 종류별로 보냈고 송기주는 여의도공원에서 합류했다. 시오는 겨울방학이 시작되자마자 타이완으로 어학연수를 떠나서 SNS로 소식을 주고받았다. 당장 귀국하고 싶다는 시오를 송기주만 아니라 태지혜와 반지영까지 말렸다.
　세 사람은 예정된 집회 시간보다 두 시간이나 빨리 여의도에 도착했지만 이미 버스가 국회대로를 지나가지 못하고 우회했고 지하철도 의사당역은 너무 혼잡해 이용할 수 없었다. 샛강역 앞에서 버스를 내려 여의도공원까지 걸어간 태지혜와 우주는 먼저 도착해 기다리던 송기주를 만나 함께 의사당 쪽으로 걸어갔다. 공원 입구부터 국회대로를 따라 각종 단체에서 설치한 천막이 늘어서 있었다. 그 앞에서 사람들이 방석과 핫팩, 김밥과 떡, 음료수 등을 나눠 주었다. 신문사와 출판사에서 특별판 신문과 전단을 나눠 주었고, 집회 때 들고 흔들라고 구호가 인쇄된 종이 팻말과 응원봉을 나눠 주는 곳도 있었다. 세 사람은 방석과 핫팩을 한 번만 받았고 간식과 음료수는 배낭에 준비해 와서 되도록 사양했으며 종이 팻말은 나눠 주는 것마다 받아 챙겼다. 응원봉은 우주만 받았다. '페미니스트들'이라고 쓰인 보라색 별 모양 응원봉이었다. 우주가 어른들은 왜 안 받냐고 물었을 때 태지혜는 수줍게 샤이니 응원봉을 꺼냈고 송기주는 시오에게 빌렸다며 뉴진스 응원봉을 보여 주었다. 태지혜는 우주에게 응원봉을 나눠 준 단체의 전단을 챙겨서 집회에 자리를 잡자마자 인터넷뱅킹으로 후원금을 보냈다. 엄지를 척 하고 들어 보이는 송기주에게 태지혜가 손사래를 치며 말했다.

생각났을 때 바로 하지 않으면 까맣게 잊어버려서 말이야.

송기주도 방석과 핫팩을 나눠 준 집회 주최 측에 후원금을 보냈다. 우주가 자기도 뭔가 하고 싶다고 말했을 때 두 어른이 동시에 말했다.

우주 넌 여기 참석한 것만으로 100만 원, 아니 1000만 원은 후원한 셈이야.

그럼, 우리나라의 미래가 참석한 건데.

우주는 수줍게 웃으며 휴대폰을 꺼내 세 사람이 모두 담기게 사진을 찍었다. 그리고 곧바로 시오가 기다리는 단톡방에 사진을 올렸다. 부럽다! 수고해! 우리나라 민주주의를 책임져 주셈! 우주 최고! 멋지셈! 시오와 반지영이 거의 동시에 반응을 보냈다.

　사람들이 끝없이 모여들었다. 대형 전광판이 여럿 설치되어 여의도 전체 풍경을 내려다볼 수 있었다. 국회의사당부터 여의도공원을 지나 샛강까지 사람들이 파도처럼 밀려들고 있었다. 세 사람이 자리를 잡고 앉은 곳에도 통로에 중년, 청년, 노인, 아동 할 것 없이 다양한 연령대의 사람들이 오갔다. 개성 넘치는 응원봉과 팻말을 들고 와 사람들의 이목을 끄는 사람도 있었다. 셋은 전광판을 보고 대형 스피커에서 들려오는 무대 쪽 소리를 들으며 구호를 외치고 노래를 부르고 발언자들의 다양한 연설에 귀를 기울였다. 시간도 사람도 노래도 빈틈없이 흐르고 이어지며 국회 탄핵안 표결을 향해 달려갔다.

　지상에도 별이 있었다. 집회 진행을 잠시 멈추고 대형 전광판으로 연결한 텔레비전 뉴스 화면에서 국회의장이 탄핵안 가결을 선언했을 때 여의도 전역에 빅뱅이 일어났다. 지상의 별들이 일제히 함성을 지르며 일어섰다. 별들이 얼싸안았다. 눈물을 흘렸다. 기쁨의 소리를 질렀다. 다시 얼싸안았다. 방방 뛰었다. 스피커에서 신나는 음악이 시작되었다. 별들이 춤을 추었다. 별들이 저마다 빛과 색을 뿜어내며 흔들렸다. 여의도 전역이 은하수보다 밝게 출렁였다. 하늘이 땅으로 내려왔다.

여기저기서 새로운 별자리가 생겨났다. 동시에 이야기가 피어올랐다. 새로운 이야기도, 반복된 이야기도, 조금 달라져 돌아온 이야기도 있었다. 여의도 현장만 아니라 도시의 다른 곳도, 나라의 다른 지역도, 심지어 세계 곳곳의 눈들도 이 지상의 별들을 목격했다. 별자리가 이야기를 품고 뻗어 나갔다. 별들을 기다리는 겨울은 여전히 춥고 길 예정이었지만 지금, 이 순간만은 이야기가 있었다. 무엇보다 승리의 이야기였다. 그날 폭발한 이야기는 수천수만의 포자로 쪼개져 날아갈 것이다. 지금 당신이 읽고 있는 이 이야기도 그날 흩어진 씨앗 하나에서 발아한 것이므로 다른 이야기 수천수만 개가 어디선가 또 당신을 기다리고 있을지 모른다. 그 이야기들을 발견하거든 또 누군가에게 들려주길. 그 순간 이야기는 태초의 아기 웃음처럼 또 폭발하고 흩어지고 발아할 것이다. 그렇게 지상의 별은 계속 탄생할 것이다. 별은 당신과 우리의 이야기로 이어질 것이다. 언제나 언제까지나.

작가의 말

옛날 포르투갈의 푸른 산맥 깊은 곳에 수녀원이 하나 있었다. 엄격하고 유서 깊은 이 수녀원은 특권을 한 가지 지녔으니 바로 나라에서 가장 고운 아마를 길러 가장 정교한 아마포를 짜는 일이었다. 새하얀 천을 수녀원 담장 근처에 펼쳐놓으면 마치 눈이 내린 듯한 풍경이 되었다. 이 귀한 아마포는 왕실의 결혼식에 납품되어 특별한 일에 쓰였다. 새하얀 천은 혼례 첫날밤 침대에 시트로 깔렸다가 다음 날 아침이 되기 전 궁전 발코니에 내걸리며 신부의 '순결'을 증명했다. 그리고 증명서와도 같은 시트의 중심 부분을 수녀원에 돌려주었다. 수녀원 어느 회랑에는 황금색 액자가 줄지어 걸렸고 액자마다 순금 왕관이 새겨진 명판이 붙어 있었다. 액자 안에는 왕실 혼례 시트에서 오려 낸 사각형의 아마포가 담겨 있었다. 상상력이 풍부한 사람은 그 희미한 얼룩을 따라 별자리의 형상을 읽을 수 있었다. 혹은 장미나 심장, 검과 같은 모양을 떠올리는 사람도 있었다. 혼례 이후 시간이 흘러 왕실의 왕비나 태후가 된 여성들이 가끔 이 수녀원으로 순례를 떠났다. 그리고 회랑 벽을 장식한 황금 액자들을 둘러보았다. 액자들은 각자 이야기를 간직하고 있었고 보는 사람에게 무수한 기억과 상상을 떠올려 주었다. 그러나 길게 늘어선 액자들 가운데 유독 다른 액자가 하나 있었으니 어떤 것보다 아름답고 묵직했고 순금 왕관이 새겨진 명판도 있었다. 그 명판에는 이름이 없었다. 액자 안의 아마포도 아무 흔적 없이 새하얄 뿐이었다. 액자 안은 백지였다. 순례객들은 이 빈 페이지 앞에서 가장 자주 발걸음을 멈추었다. 그리고 순례객도 수녀들도 그 앞에서 가장 깊은 침묵에 빠져들었다.

덴마크의 여성 작가 이자크 디네센의 단편소설 「백지(The Blank Page)」의 내용이다. 디네센은 『아웃 오브 아프리카』의 원작자 카렌 블릭센이 영어로 쓴 작품을 발표하면서 사용한 필명이다. 나는 디네센의 짧은 이야기들을 무척 좋아한다. 그의 이야기 속에는 이야기에 관한 매력적인 통찰이 가득하다. 그중에서도 「백지」는 '침묵으로 가득한 요란한 이야기'라는 아이러니를 완성해 낸 아름다운 작품이다. 여기에 내가 아끼고 사랑하는 문장이 하나 있다.

이야기의 씨앗은 언제나 이야기 바깥에서 온다.

솔직히 나는 아직 이 문장을 완전히 소화하지는 못했다. 그저 바라보기만 해도 좋아서 만져 보고 쓸어 보고 안아 보고 웃을 뿐이다. 언젠가 이 문장이 내 안에 내려앉아 어떤 이야기로라도 싹이 터 주기만 바랄 뿐이다.

지난여름 친구들과 함께 반딧불이를 보러 무주에 갔다가 그 대신 밤하늘의 별들을 보았고, 많이 웃었다. 겨울에는 해방촌에서 혼자였다면 몹시 쓸쓸했을 시간을 함께 견뎌 준 친구들이 있다. 그들과 내일이 없는 사람들처럼 떠들고 웃고 가끔 울 때 나는 조금 더 살아야겠다고 생각한다.

원고를 오래 기다려 준 민음사 편집부에, 특히 아마씨보다 작았을 내 이야기의 가능성을 믿어 준 박혜진 선생님에게 깊은 감사를 전한다.

마지막으로 내가 좋아하는 이야기를 전하며 함께 웃고 싶은데 나 혼자 재미있을까 봐 조금 걱정이 된다. 그럼에도 용기를 내어 말해 본다면 카렌 블릭센이 스스로 선택한 이자크 디네센이라는 필명에서 이자크는 '웃음'이라는 뜻이란다.

2025년 한여름에
이주혜

추천의 말

심진경 (문학평론가)

　이주혜의 소설은 노멀 피플들의 불완전한 이야기들을 이어 붙여 그들만의 별자리를 만들어가는 이야기의 이야기의 이야기의 퀼트다. 제각각 서로 다른 디테일과 뉘앙스, 무드를 가진 고유한 이야기들은 여름철 밤하늘을 풍성하게 만드는 별자리들의 이야기와 만나면서 그들만의 이야기 성좌를 만든다. 그렇게 '여름철 대삼각형'은 견우와 직녀, 오르페우스와 에우리디케, 그리고 제우스와 에로스와 헤라클레스 등의 신화적 이야기를 넘어 우리들의 이야기 놀이터가 된다. 그리하여 멀리서 빛나던 작은 이야기들은 이제 12.3 계엄이라는 위기에 맞서면서 우리 모두의 겨울철 대삼각형이라는 지상의 별자리로 진화한다. 저마다의 사연으로 뻗어가던 지극히 사적인 이야기 라인은 시적인 여름밤을 지나 산문적인 현실 속으로 모여들면서 이야기 빅뱅을 터뜨린다. 우리는 그것을 빛의 혁명이라고 부르기로 했다.

추천의 말

정용준 (소설가)

 말뚝처럼 박힌 이야기의 늙은 별들. 원형과 신화 사이를 오가며 같은 별자리를 반복하는 것이 지긋지긋할 때 이 책을 읽었다. 핏줄이니, 운명이니, 고정된 별자리가 아닌 내 이야기가 담긴 낯선 별자리를 그려보고 싶은 독자와 함께 읽고 싶다. 새로운 이야기는 새 별의 탄생이 아니라 별과 별 사이의 깜깜한 공백을 지워나갈 때 가능하다는 것을 배운 시간이었다. 앞으로 나는 여름철 대삼각형을 바라볼 때 낡은 설화 대신 소설의 인물들을 떠올릴 것이다. 많은 이야기가 매력적인 서술자 이주혜에 의해 다시 말해지길 바란다.

오늘의
젊은 작가
51

여름철 대삼각형

이주혜 장편소설

1판 1쇄 펴냄 2025년 8월 20일
1판 2쇄 펴냄 2025년 9월 17일

지은이 이주혜
발행인 박근섭·박상준
펴낸곳 (주)민음사

출판등록 1966. 5. 19. 제16-490호
주소   서울시 강남구 도산대로1길 62(신사동)
          강남출판문화센터 5층(06027)
대표전화 02-515-2000 | 팩시밀리 02-515-2007
홈페이지 www.minumsa.com

ⓒ 이주혜, 2025. Printed in Seoul, Korea

ISBN 978-89-374-7735-5 (04810)
ISBN 978-89-374-7300-5 (세트)

* 잘못 만들어진 책은 구입처에서 교환해 드립니다.